william Golding

WILLIAM

GOLDING

〔英〕 威廉·戈尔丁 著 李国庆 译

金字塔
The Pyramid

上海译文出版社

PYRAMID

THE

问世间情是何物（代前言）

  威廉·戈尔丁在这部《金字塔》出版（1967）之前，已经发表了《蝇王》（1954）、《继承者》（1955）、《品彻·马丁》（1956）、《自由坠落》（1959）和《教堂尖塔》（1964）五部小说，在英国文坛，甚至世界文坛赢得了一片赞扬。但评论界对《金字塔》却褒贬不一。于是他沉默了十二年。是对评论界有眼无珠失望，还是反省自己的创作方向？我们不得而知。事实是直到1979年，他才又发表作品。先是《黑暗昭昭》（1979），然后是《纸人》（1984），以及为他光辉的创作生涯画上句号的《海洋三部曲》（《启蒙之旅》，1980；《近方位》，1987；《甲板下的火》，1989）。1983年他获得诺贝尔文学奖。至此，威廉·戈尔丁国际文学大师的地位已确定无疑。1993年9月，第一届国际威廉·戈尔丁研讨会在法国圣埃提尼大学举行。遗憾的是，他在这年6月去世，享年82岁，距大会召开只有三个月。

  不过，如果他出席了大会，则会有另一种遗憾。这次会议的一个引人注目的现象是《金字塔》无人注目。英国诺丁汉大学教授诺曼·佩奇在为会议论文集写的《前言》中，一方面欣喜除《蝇王》和《海洋三部曲》受到了理所应当的最大关注外，从前不被看好的《纸人》也得到了一定的重视；另一方面却遗憾几乎无人提及《金字塔》这本他认为绝不应当被忽视的作品。他进一步指出，这一现象本身就是个有趣的研究题目。[①]

一

  《金字塔》说简单则轻松好读，说复杂则耐人寻味。

先说简单。

小说分三大部分,由主人公奥利弗以第一人称的视角贯穿联系。

第一部分是奥利弗十八岁那年的夏天,几乎是整整一个月的逐日经历。中心事件是他跟斯蒂伯恩城下层女孩艾薇的一段风流史。尾声是两年之后两人的再次相遇:艾薇恶意地报复了奥利弗的薄情寡义,在公众场合谎斥他在她十五岁的时候强奸了她。

第二部分叙述了奥利弗在牛津大学上了一学期后回家度假,参加斯城歌剧社演出,结识了从伦敦来的专业导演埃弗林·迪·崔西先生。埃弗林向他暗示了自己的易装癖,甚至同性恋倾向,也指出他暗恋的伊莫锦并非他想象的那么完美。奥利弗最后从少年的迷恋中解脱,但对埃弗林的暗示却懵然不解。

第三部分的时光向前推进了二十多年,奥利弗四十五岁,故地重游,在童年的音乐老师墓前回首往事。这部分有两条情节线索交叉并行。一是奥利弗跟老师彭斯的师生关系,如何从表面的热爱到真心的憎恨;一是彭斯跟亨利的情人关系,如何从畸形的痴恋到疯狂的绝望。结果是已经成人的奥利弗认识到自己跟亨利一样,毕竟达不到为爱可以生死相许的境地,而是只肯付合理的代价而已,于是离去。

人们注意到这部小说一改戈尔丁前五部作品的寓言风格:地点并非全然虚构,如《蝇王》中的海岛,而是典型的英国小城镇;时代也不遥远,如《教堂尖塔》中的中世纪,而是第二次世界大战前后;人物更难一概以符号论,而是生活中似乎随处可见的你我他。

---

① Fingering Netsukes: Selected Papers from the First International William Golding Conference. Universty of Saint-Etienne, 1995. P. 15.

有许多细节显示这部作品带有自传性。比如,斯城的地形地貌跟作者生长的马尔波洛十分相似,都是以一个广场为中心。主角奥利弗一家跟作者一家也兴趣相合:戈尔丁自己和父亲都擅长演奏提琴等乐器,他跟奥利弗一样,放弃了音乐,进入牛津改学科学等等。再加上戈尔丁把这部作品献给自己的儿子戴维,人们自然联想到这是一部反映"成长的痛苦"的作品,半是小说,半是自传,题材不新,主题也非重大。

另外一个事实是,这部小说的第一、第三部分曾单独作为中篇小说在杂志上发表过。第一部分发表在《凯尼恩评论》上,取名《悬崖上》。第三部分在《老爷》杂志,取名《金字塔内》。所以,有些评论认为这是三个硬绑在一起的中篇,结构松散,缺乏内在的张力,不足以一部完整的长篇论。更严厉的指责则说它完全是失败之作,是为了商业利益而自毁名声的产物。

二

当然,《金字塔》不乏它的鼓吹、崇拜者。在他们看来,上述指责皆是短见、偏见。此书自有完美的结构,深厚的含义。

关于结构,戈尔丁自己有过提示,说是仿照贝多芬的奏鸣曲设计的。① 根据这个线索,第一乐章便是主题:(奥利弗跟艾薇)没有爱情的男女关系。中间乐章是谐谑曲,包括舞台上的闹剧和奥利弗无法理解的埃弗林暗示的非男非女关系。第三乐章是主题的变奏与重申,即亨利与彭斯之间同样没有爱情的男女关系。尽管都是始乱终弃的"乱爱",这两对男女关系表现不同。艾薇与奥利弗是青

---

① James R. Baker: An Interview With William Golding. Twentieth Century Literature Vol. 28, No. 2, 1982. P. 153.

少年；亨利与彭斯是成人。艾薇有美丽的肉体，下贱的出身，低俗的精神；彭斯是丑陋的肉体，高贵的出身，优雅的精神。于是，奥利弗只要艾薇的肉体以满足自己的生理欲望和精神安慰——战胜对手鲍比，填充暗恋伊莫锦不遂的空虚，却鄙视她的出身，绝不敢公开展示两人的关系，也鄙视她对流行音乐的爱好，从没用心去理解她的精神世界，最终还是带着一腔迷惘分手。亨利要的是彭斯的出身所带来的金钱，作资本供他发展商业，却把肉体和代表高雅的精神生活的音乐抛在一边，假惺惺地将"天堂即音乐"镌刻在了她的墓碑上。结果是奥利弗出卖了灵魂得到生理的满足，以音乐交换了化学、精神毒气取得人生的成功；亨利牺牲了爱情得到资本，以道德交换了商业的蓬勃发展。艾薇是带着死亡的心灵逃离了斯城，进一步走向以肉体交换生活的道路；彭斯是肉体死亡，精神疯狂，脱离了斯城，去到那对她来说并不十分美好的音乐天堂。故事不同，主题一样。

如此分析，主题与变奏果然存在。另外如彭斯的小轿车在第一部分中陷在水潭里、在第三部分中陷在路旁沟渠里等细节，不妨看成是音符的重奏，旋律的呼应。

作者给予的另一个暗示是书名。就结构而言，众所周知，金字塔是由四方形的底座和三角形的立面组成的建筑。所以，唐纳德·康普顿分析说，这部书的故事都围绕着斯城的广场（Square，正方形）展开。在此基础上建成的金字塔的四个立面，分别是斯城的居民、阶级、音乐和性。居民由奥利弗、艾薇和彭斯构成三边，阶级由中、上和下构成，音乐由音乐喜剧、爵士乐和古典音乐构成，性由被压抑的、淫荡的和理想的构成。具体而言，奥利弗代表了人类的心灵，艾薇代表肉体，彭斯代表精神；中产阶级包括奥利弗的父母，上层是医生埃温、报纸老板克莱默、老道利什等，下层则是杂货坊的居民以及在小酒馆门口闲逛的流浪汉们;音乐喜剧指的是《多情国王》,爵士乐是艾薇爱听的萨沃伊俄耳普斯乐队,古典乐当然是道利什父女及奥利弗所欣赏的那一些;压抑的性由彭斯代表,淫荡的欲念可由奥利弗对艾薇的态度看出,理想则出现在他对伊莫锦的幻想中。① 更进一步观察,书中人物也大多是三角关系,比如奥利、鲍比和艾薇,奥利、艾薇和伊莫锦,奥利与父母,奥利、彭斯和亨利,彭斯、亨利和玛丽等。

就功能而言,金字塔是保存死尸的场所。作者原先以它来命名小说的第三部分,明显地暗示彭斯所住的那一幢房子。那里黑沉沉,空荡荡,阴森森,是童年奥利弗的梦魇。而彭斯便是其中的一具活尸。后来作者又以此总冠全书,无疑将整个斯城都包括在内了。事实上,斯城(Stilbourne,与 Stillborn 同音)在英文中就有"死产、死水"的意思,所以我们不妨就将它念成"死城"。而它的居民代表、城市喉舌报纸老板克莱默(Claymore),名字就是由"泥土或肉体"和"较多"两个字拼成的,所以意思便是"肉体多而灵魂少",亦即"行尸走肉"。

这一类象征、隐喻、暗示之类的手法正是戈尔丁早期寓言式作品中惯用的。循此思路,还可以发现,艾薇(Evie)是伊甸园中亚当的妻子夏娃(Eve)的姐妹,同样让奥利弗偷尝了禁果;埃弗林·迪·崔西(Evelyn de Tracy)身上有魔鬼的影子(a trace of evil),似乎有将奥利弗引入同性恋的企图;奥利弗(Oliver)可以拼出生命(live)、爱(love)或者魔鬼(evil),全看他如何修行——从书中看,他是错过了种种领会真爱的机会;伊莫锦(Imogen)的神圣之美纯是奥

---

① Donald Compton: *A View from the Spire*: *William Golding's Later Novel*. Oxford, Blackwell, 1985. P. 56.

利弗的想象（Imagine）；道利什（Dawlish）小姐则确实令人乏味（dullish）。诸如此类处处说明，尽管戈尔丁这部作品将视野转向现实社会，风格上还有过去的影子。同样，尽管小说的三部分不是一气呵成却不能说他没有苦心经营。貌似简单滑稽，其中也有沉痛的寓意。

三

解读现代作品，尤其是像戈尔丁这样以寓言风格名世的作品，往往会有"横看成岭侧成峰，远近高低各不同"之感。张中载先生就曾指出过，戈尔丁作品的"广阔的诠释天地构成了极强的挑战性"。① 读者不妨自己揣摩。

在戈尔丁建造的这座金字塔身上，无疑可以看到三十年代英国社会等级的森严及其后果。奥利弗明白，在斯城有一条无形的界线，"人人都不提这条线，但人人都知道它的存在"。所以，演剧那种高雅的事，斯城居民有一半无资格参与。比如艾薇，尽管有婉转的歌喉、绰约的丰姿，还是被摒弃在门外。奥利弗尽管喜欢艾薇，却时时提醒着自己：

> 跟巴伯科姆中士家沾上边，尽管只是婚娶，也是不可想象的！我看见他们那个微妙地平衡、小心地维持、拼命地防卫着的社交圈子因此而破碎，被冲入阴沟。我会把他们从社会等级的阶梯上拖下几步，即便仅仅是几步，却也是无法攀登，而总是轻易就会滑落的几步。我会要了他们的命！（69 页）

---

① 张中载：《〈蝇王〉出版四十周年重读〈蝇王〉》，载《外国文学》1995 年 1 月号第 82 页。

为了显耀等级的高贵,埃温医生每年圣诞节都要给他礼物;小埃温则直言奥利弗是他的奴隶。为了向上爬,艾薇出卖了肉体,亨利出卖了爱情,奥利弗则出卖了音乐天才——他乐感强,有绝对音高,又有欣赏力,听得出老师彭斯的演奏局限。但是为了在生活这只牡蛎中取得珍珠,他放弃了这一切,去研究化学,制造毒气。

从这座塔的另一侧面,我们又能看出社会环境对青少年成长的重大影响。这在戈尔丁作品的主题中是一种扩展。他有一句名言:人制造罪恶有如蜜蜂制造蜜,并直陈自己相信原罪的存在。他在跟约翰·凯里的一次访谈中提到,人是生而自私的,而自私与原罪这两个词可以互换。① 这是他早期作品的一贯主题。在《金字塔》中,戈尔丁把视野扩展到社会的压力对人格塑造的影响。奥利弗时时感觉到斯城的这种无形压力,不管是在海尔街上还是在那片性感的树林中。由于与艾薇交媾被父亲看到,后来又由于艾薇被逐,彭斯变疯,他直到多年之后,唯一的见证人(父亲)去世,自己又有了家小、金钱、地位的陪伴,才敢重回故乡。同样,艾薇尽管是韦莫特上尉的性虐待受害者,是鲍比、奥利弗排泄的"厕所",却因在琼斯医生的嘴角留下一个吻痕而被驱逐出城,在伦敦真正堕落。彭斯则因畸形地反抗性压抑而裸行,尽管那是她最平静、最幸福的一刻,却被斯城一致唾弃,送进精神病院,被诊治得重又痛苦不堪才放回那座坟墓。

在这一切之上,我以为,这座塔尖上闪光的最高主题是爱。这就是作者在卷首放了那条古埃及箴言作为引语的用意所在。那句话说白了,便是"与人相处要有爱心;有爱心则生,无爱心则死"。

---

① "William Golding Talk to John Carey, 10-11 July 1985" in William GoLding: A Tribute on his 75th Birthday. London, Faber and Faber, 1986. P. 171-189.

作者在小说中更借艾薇项链十字架上的铭文重申了这一点:爱可战胜一切。

当然,你可以说这句话在书中只是一个反讽。奥利弗尽管辨音能力高强,但是不管是对男女之爱、同性之爱还是师生之爱,他都无法辨明。亨利也是一样。彭斯希冀他的真爱,哪怕是一点点,他都无法给予。他跟奥利弗一样,都太热衷于在社会等级的阶梯上攀登,看到的只有肉欲和现实利益。即便是对音乐,他们也不真爱。奥利弗的态度前面已提过。亨利也有一副好嗓子,结果也为了开车行而埋没了。斯城的其他居民又何尝不是如此?他们对同类有打探隐私的兴趣,却无一丝怜悯或同情。彭斯的遭遇便是如此。看到彭斯引来了落魄的亨利,他们兴奋,鄙视。看到彭斯的失恋绝望,他们便一致掉转背去。

然而这正是斯城之所以是死城的缘故。艾薇得出男人都是野兽的结论,回乡后在街上大喊:"总该有人吧!……活人!"彭斯告诉奥利弗:"要是一间房子着了火,而我只能从中救一个孩子或者一只鸟,那我就会救那只鸟。"这座城里的人没有爱,于是心死,于是虽生犹死。这正是埃及箴言所示的道理。有人据此便说这是戈尔丁对人心黑暗的深刻洞察,因而表现出的一种悲观主义。不错,作者在第三部分开头甚至暗示,斯城的标志如今清新醒目,又修上了马路,人们更容易滑入充满由亨利新建的商业为代表的物欲横流的世界了。于是,这篇代前言的题目或可更确切地改为:看世间爱在何处?《金字塔》成了一曲挽歌,哀悼失去的和谐和未清理的混乱,一个无爱的斯(死)城。

不过,作者也许还不至于如此悲观。在上面提及的跟约翰·凯里的同一次访谈中,他就强调,原罪是可以消除的,那就是用爱。从爱学习无私,最好是从小开始,通过父母或通过保姆,通过人与人之

间这种非凡的关系。我们毋宁把卷首那句箴言看作是他的希望，他
开出的一剂药，一剂"可以治愈斯城所有病症的药"。

最后说几句关于译文的话。由于此书看似简单、实则晦涩的风
格，我深感力有不逮。比如作者命名的双关之义，往往找不到合适
的中文表达。又如因为作者为增强此书的乐曲性质，书中很多地方
都照搬了音乐术语。解决的办法，只有加注一途。但注解一多，读
来不免阻滞。所以繁简是否恰当，注解是否合适又是一个问题。至
于本书的寓意，上面粗浅的分析更不敢说一定中肯。所有这些都还
有待高明指教。

李国庆

1999 年 6 月 20 日于美国俄亥俄州立大学

献给我的儿子戴维

治民之道，以爱为本；心有爱则生，无爱则死。

——《普塔霍蒂普箴言》*

时已盛夏,却下了一整天雨,而且还在继续下。①这种天气对教堂举办活动来说是最为理想的。绿叶被刷刷的疾雨打落,冲入水洼与泥浆共舞。树木为阵阵狂风扫掠,呜咽作响,摇曳着手臂乞怜。尽管它们在这块土地上扎根已久,不至于不知道此举的徒劳无益。夜色已早早垂落。其实,这一整天天色就不亮,所以夜的脚步缓慢而不易觉察。然而一旦到来,它便浓厚得连街灯也无力刺破,唯有雨点依然穿透而下。我一直在弹钢琴,直弹得头都轰鸣起来——呼应着肖邦的 c 小调练习曲,激烈而徒劳地轰鸣。而在以前这支曲子由莫伊斯维奇奏来,似乎淋漓尽致地表现了我所陷入的情爱之深厚和强烈,我那无可救药的丧魂落魄。可是,伊莫锦已今生有约,即将出嫁。完了。

就这样我绝望地躺着,备受煎熬。只有疾雨阵阵像碎石般地敲窗,才时时把我唤回现实世界。十八岁正是受难的岁月。你有一切必要的力量,却无丝毫防卫的手段。夜半钟声从教堂的塔楼飘来。第十二下尚未敲响,广场上的三盏钠灯便已熄灭了。在我的脑海里,伊莫锦驾着他那辆绿色的拉冈达②敞篷车穿城而过,微红的头发自苍白的脸庞向后飞扬——她比我只大五岁而已。我本该有所行动才是;如今大势已去。我凝视着隐没在黑暗里的天花板,看她开车而过;也看见他,因拥有《斯蒂伯恩广告人》报而无比自信,无比老成,无比庞大,坚不可摧。我听见他那蚊蚋般嗡嗡的嗓音。突然,他被闪电击中了。我目睹枝形的光束从天而降,一团青烟过后,他便无影无踪了。不知怎的,那闪电打得伊莫锦昏迷了过去。我用双手抱起了她。

我从床上跃起,眼瞪着窗户,双手揪着床单,捂住下颚。那清脆响亮的一声震得窗玻璃几乎破裂,仿佛被气枪击中似的。我心里也曾闪过或树枝折断,或是瓦片坠落的念头,却意识到二者皆非——听,又是"啪"的一声!我连滚带爬下了床,头发根都乍竖起来,走到窗前向下面广场一窥。又是一声,"啪!"紧挨着我的脸。我赶紧猫下腰,向前望去。广场四周铺着一层鹅卵石,它们跟我家小屋之间是一道栅栏。此刻,栅栏外一张白脸忽隐忽现。我把框格窗向上一提,风卷起花布窗帘扑在脸上。

"奥利弗!奥利弗!"

一阵惊喜令我的心跳几乎停顿,但马上意识到它不是伊莫锦的声音。

"什么事?"

"轻点!"

那张脸在栅栏铁门前俯下,轻轻打开门,浮过砖铺小径,停在我的窗下。

"是谁?"

"是我,艾薇。艾薇·巴伯科姆。你看不见吗?"

"什么……"

"别把人们都吵醒。轻轻地下来。穿上衣服。噢,请快点!我……"

"马上就来。"

我缩身回屋,四下里摸索衣服。我认识艾薇有好些年了,不过

---

① 英国的夏天一般干燥少雨。——译者注。下同。
② 美国俄亥俄州的一条小溪名。为此车制造人韦伯·冈的家乡。他最初去英国生产三轮车,于1907年制造出第一辆四轮汽车,即以家乡小溪为名。

从没跟她说过话。我常常见她从广场对面的人行道上,以她特有的凌波微步滑过:上身不动,只有膝盖以下的两条小腿交互摆动。我知道她在隔壁埃温医生的挂号室工作,知道她有一头油亮的齐耳黑发,一袭改制过的蓝白大褂,也知道她是本市公告员的女儿,出生在杂货坊摇摇欲坠的棚户里。当然了,我们从没说过话。从没正式见过面。那还用说。

我踮着脚尖摸黑下楼,避开了第三级楼梯踏板。爸妈的房里传出香甜的鼾声。我从门厅的挂钩上取下雨衣,松开前门的挂链,退出插销,拧开前门的锁,小心翼翼得像个小偷在保险库里似的。外边的艾薇贴门缩成一团。

"你好慢哟,都好几年了!"

她的牙齿发着怪异的声响。靠得这么近,我才看见她头上罩着头巾,双手揪紧了外套。

"没法再快了。什么事?"

"鲍比·埃温和车在树林里。他弄不动它。"

我血管里此前涌动过的那难以言说的臆测,或者期望,顿时消失。鲍比·埃温是医生的儿子。虽是邻居,我可不喜欢他。我只嫉妒他上的寄宿学院,嫉妒他预定要去克朗维尔①。最令人受不了的是他那红色的摩托车。

"他跟我没关系。他为什么不去找亨利·威廉斯?"

"咳!"

她沉下身子倚向我。也许是云层后面的月亮升起了,也许是云层本身升高了,不管是什么原因,天地间有了弥漫的亮光,淡淡的,似乎一下子从四面八方涌来。也许是空气本身就有的吧。凭借这

---

① 英国皇家空军学院所在地。

亮光,我能更仔细地看清她了。一张脸煞白,嘴和眼睛像乌黑的李子,头发纷披其上。雨水浇在她身上,又从她身上淌下。她呜咽起来,手指抓紧我的上臂,脑袋贴在我的胸前。

"我的鞋跟也掉了。不知我爸会……"

蓦地,她扬起脑袋,双手捂着嘴,堵住欲出的喷嚏。然后身子无声地颤动了一下。放了一个屁。

"对不起。"

那一双黑李子从双手上方瞄着我。手的背后是羞答答的一笑。

"好吧,艾薇,要我做什么?"

"帮他把车弄出水潭。"

"水潭!"

"你知道那儿……笔直穿过树林,就在山坡顶上……求求你了,奥利!绝不可以让任何人知道。不然就糟了……"

"那是他跟他爸之间的事了……小笨蛋!"

罗伯特比我大三个月。而艾薇比我小三个月。

"你错了,奥利,不是他爸的车!"

"那他更是活该。"

"噢,奥利弗……我以为你会帮忙的。"她倾过身来靠着我,双乳紧贴我的胸膛。仿佛她能随意散发气味似的,一缕幽香扑来,使我屏住了呼吸。她的外套湿淋淋地披着,里面没有多少衣裳。

"半夜之前我得回到家里。"

"那已经晚了。"

"我知道。要是爸发现了……"

由于夜的寒冷和潮湿,我的心怦怦地急跳起来,双手不由自主地搂住了她。她正在不停地颤抖。

"好吧。"

她捏了捏我的双臂。

"噢,奥利,你是个好人!"

那三颗黑李子中最下面的一颗升了上来,给了我冰凉的一啄。她推开我。

"快点。你可以骑自行车去。"

"车没灯。我跑去好了。艾薇……"

"什么?"

"我们可不可以——我是说——我们可以……"

她似乎要重新打扮一下自己——扬起一只手,仿佛要撩回湿垂的头发。

"以后再说,好不好?"

然后她走了,一边脚步蹒跚地穿过广场,一边编造她的故事。

确信能回进院子来以后,我便小心翼翼地合上铁门,轻手轻脚走出去。直到离房子足够远,我才敢放腿奔跑,沿着海尔街,跑过市政厅,奔向古桥。风似乎小了些,雨势却未减。待我跑过亨利·威廉斯的修车铺时,雨水已从脸上流到了脖子。尽管十二分地不愿意帮罗伯特·埃温的忙,我还是乐滋滋、兴冲冲的。我的心之眼看见的不是湿淋淋、乱糟糟、一张白脸镶着三颗黑李子的艾薇,而是身着夏装的艾薇,悠闲地迈动着双腿。有些人可能认为,以完美的标准来衡量,那两条腿短了些——可它们照样着地,照样尽职。尽什么职?就艾薇而言,答案显而易见。她是我们城里的一道风景。方圆几里之内,男人们一个个都意识到她的存在。不敢说是不是激动人心的永恒的性的渴求使她的嘴唇老是嘟着,微微张开,但她的鼻子,实在是维持呼吸不足,逗人喜爱有余。闲步时,及肩短发扬起一朵乌云,大腿笔挺,只有膝盖以下在移动。配着一身休闲打扮,一件棉连衫裙,白线袜,一双低帮凉鞋,她的身子整洁而性感。我从无荣幸在大白天里贴近打量她。不过即便是趁她走过时偷偷的一瞥,也叫我注意到她的眼睫毛。腾腾地冲破黑暗和雨幕奔向古桥的当儿,我发现自己眼里出现了画笔。不是画家手中那种精巧平整的工具,而是小孩手中的那种玩艺——由于在调色盘里按得太狠,笔毫乱蓬蓬,尖尖黏黏地四面乍开。想到这偷瞧熟了的眼睫毛——不,一把小小的画笔,欢快地在艾薇眼眶上闪动,我跑得更欢了,居然没有感觉到通往古桥的坡度。艾薇没有一丝伊莫锦的神圣之美。她是一个道地的俗物。

不管怎么样,通向树林的陡坡还是迫使我放慢了步伐,也唤回了正常的意识。他毕竟是个骑摩托车、上名牌学校,洋溢着优越感的鲍比·埃温。中士巴伯科姆只是个中士。一想到中士,我停下了脚步。要是他知道我在夜半之后吻了——就算是被吻好了——他的女儿,我的脖子就有被他拧断的危险。要不更坏,告诉我的爸妈。中士巴伯科姆有着市政厅警卫、护塘人、教区执事、公告员,以及这个小镇久被遗忘的历史留给他的其他种种公职。身穿十八世纪公告员制服的时候,巴伯科姆中士算是一个有趣的人物。但一联想到他是她老爸,我见到的便是他宽大的胸脯,肉鼓鼓的拳头,以及满脸横肉中暴突的双眼。魔鬼老爸天仙女!生平第一次思考这种自古就有的造化之谜,我就不禁感到气馁。

接下来,仿佛她就在面前,我又闻见了那一缕幽香,中士立刻消失于无形。我快步跑上山坡。湿淋淋的裤管紧贴着大腿,头发滴水,满面如洗。不过,此刻雨小风轻,在钻进树林之前,树冠上方的一块天空已经透亮,仿佛月光正在竭力冲破云层。身后山谷里,教堂的大钟敲响了一点。

待到我接近羊腿潭的开阔地带,天色更亮了,能隐隐约约分辨出在路的远端、靠近潭沿的双座汽车的轮廓,车是陷在水里了。罗伯特·埃温从一棵树影里走出来,站在路当中迎我。

"小奥利吗?"

随着走近,我看得出也听得见他颤抖得比艾薇还凶,不过竭力装出毫不在意的样子。他个子细长,瘦骨嶙峋,比我高三英寸。沙色头发厚而密,脸部轮廓酷似威灵顿公爵①。上身裹着雨衣,露出煞白的膝盖,膝盖以下到小腿处也裸露着,满是污迹,污迹之下是皱巴巴的袜子。只有一只脚上有鞋。

"是我。上帝!你看来是到地狱去了一遭,是不是?"

"怎么这么久才来?好了,来了就动手吧。"

"你的鞋呢?裤子呢?"

"滚你的,小鬼!"罗伯特说,竭力装出若无其事的样子,可是不争气的牙齿突然格格作响。"滚一边去!"

"我认得这辆车!是彭斯的!道利什小姐的车!"

罗伯特把公爵脸庞转向汽车。

"别管是谁的。看看该怎么弄吧。"

"可是它怎么……"

罗伯特向前迈出一步,俯脸向我。

"不干你的事。不过你愿意知道的话,是这么回事,我带咱们的年轻朋友巴伯科姆去巴姆斯蒂德跳舞。这样的天气带她坐我的摩托不合适,是不是?所以我借彭斯的车用一两个小时。她不会在意,是不是?不过,不必你去告诉她。"

我明白了。埃温医生的儿子不能用他老爸的车带巴伯科姆中士的女儿去舞会。这不必费心思想。理所当然。

---

① 指第一任威灵顿公爵阿瑟·威斯利(1769—1852),他曾作为英军统帅指挥了战胜拿破仑的滑铁卢之役。后任英国首相。

"原来如此。"

"满意了?"

他站在路中央,跳着脚哆嗦。我脱下鞋和袜子。水冰冷刺骨,但不深。罗伯特就是罗伯特,自然没发现有两个办法可以把车弄出去。他费尽了力气也没把车往山上倒推出水潭。如果顺势往下推,只用一半力气也早成功了。车子出水上了路,我坐在踏板上穿鞋袜,罗伯特则又是摆弄火花塞,又是摇转起动把。

我还在系鞋带,他就放弃了努力,站起身,那张公爵脸庞横拦在月亮和我之间。

"没办法了,小奥利弗。一定得你来推了。"

"谁?我?为什么你自己不去推这个鬼玩艺呢?"

"别不讲理,小鬼。总要有人掌方向盘吧。你不会开车,是不是?再说你也比我重。"

"那又怎么样?"

这都是事实。罗伯特比我高大约三英寸,虽然老装着比我高一英尺似的,但却只有我一半宽。我突然愤怒得颤抖起来。

"噢,上帝!就会嘴硬!都把车开到鬼水潭去了还嘴硬!"

我站起身,狠狠搔了搔头皮。

"别激动。"罗伯特说。"告诉你吧,这车不是我开下水的。"

"那他妈的是怎么……"

"你想在这儿过夜吗?好,我告诉你。我们把车停在那棵树下,准备找个地方亲热亲热。我想起来了——等一会儿。"

他跑开了,绕着水潭转了个圈,走上斜坡到那棵橡树下,然后双手捧着一捧东西下来。

"汽车底板。"

"什么鬼东西?"

他打开双座汽车的车门,把底板装回原处。他一边装,一边还能不时地回头解释几句,仿佛身后是被他哄入一项艰苦却不危险的行动的一连士兵。

"这部车子里面地方小了点。我们那位小朋友正坐在前座上。我就把底板拿出来,好站直了。明白了吗?这老爷车突然就动了,我们只得跟着跑。一定是我的屁股把手刹车给撞松了。行了吧,小奥利,干活吧。"

我看出了窍门,用背顶住汽车,缩起身子,两腿用力一挺,车子就移动了。这时我便转过来,身子跟地面成 45 度地往前推。这样做不是太费劲。可是接下来,没有一点预兆,车子就猛地停了下来,使得我张开双臂飞进汽车敞开的尾厢。

"哎哟,我的肚子!"

"脚刹车踩得猛了些。"罗伯特说。"歇一下吧,奥利。我他妈的真冷,没法不承认。既然停下了,我想看看那老姑娘会不会在后厢里备有毛毯什么的。"

"开你的车吧!要是这鬼玩艺再停下来,我可就走回家去了!"

从车的一侧我看得见他那张脸的轮廓。他正在下车。

"我快要冻死了。"

"那就死好了!"

这无疑是哗变了。罗伯特默默地回到车上,牙齿格格作响,双肩,甚至两手都在颤抖。我们又朝前移动了。

我咕哝起来:"该死的车。该死的笨蛋。该死的脚刹车——你在上面的树下时为什么不把脚刹车踩住呢?"

罗伯特的忍耐也到了极限。他咬牙切齿地回答:"你试过裤子褪在了脚踝上,倒退着冲下斜坡的滋味吗?"

"那么那个女孩该死。她为什么不踩呢?"

"她哪里能够呀？两只脚搁在挡风玻璃上呢！"

我明白了。一边推一边还不时地嘀咕两句。

"再用把劲，奥利。这就好多了。差不多到山顶了。不过，说老实话，那个小巴伯科姆，她还真不错。"

"为什么？"

"她尽力控制了方向盘。"

车子一下子轻了。听得罗伯特拉起了手刹车，车便停住了。

"怎么啦……"

"我们到了。上来吧。"

我们身在山顶，出林的路由此向下直通斯城。远远地可以辨认出教堂的塔楼，一簇簇的房屋，以及黑黢黢的树影。我上车在罗伯特身边坐舒服了。我继续唠叨，他继续哆嗦。

"上帝才知道我怎么才能把它推上海尔街！"

"你没必要推了，"罗伯特说，公爵脸庞仰面朝天。"那儿没准会有警察。我们走！"

一百二十秒之后，我不得不承认，不是罗伯特的学校，就是他的家庭，或者甚至是《好朋友》和《男孩杂志》①才会培养出他的这种才能，令人不得不刮目相看。没有灯，没有动力，我们从古桥顶一跃而过，就像越野滑雪似的，射向海尔街，掠过威廉斯车铺前的水泥地坪，右转，在两间小屋之间穿过，然后左转，来到罗伯特这天傍晚发现这辆车的空地。这一切全凭着下冲的惯性一气呵成。到了空地，车的余力尚存，停下的时候将我的脸撞向挡风玻璃。等我松下悬着的心，我油然生起一丝不情愿的钦佩。但是我俩心底都恨死了对

---

① 皆为英国中上阶层家庭喜爱的儿童读物。后者出版年代为 1879—1912 年，尤以撰稿人皆为名人而声誉远扬。

方,所以免不了还是硬邦邦、冷冰冰地分手。两个人轻手轻脚,怒气冲冲地绕过广场。来到我家门口,罗伯特停住脚,朝我转过身,隔着额外的一英尺距离,冷冷地低声道:"噢,谢谢你帮忙。"

我低低地回答:"不用谢,小事一桩。"

两人分手,各自专注于如何悄无声息地进自己屋去。这时,教堂的钟敲响了三点。

阳光缓缓地爬上脸来,唤醒了我。我立刻记起了一切——汽车,罗伯特,三颗李子,其中一颗升起来,一缕幽香。我知道,凭着青春天性的乐观,事情尚未结束,好戏刚刚开场。

不仅如此。我家浴室的窗户不但俯瞰自家的园子,也看得见埃温家的。我也许,甚至非常可能看得见罗伯特在那儿健身,也能让他听见我的吆喝。心中暗喜,我急急地冲向浴室。果不其然,一到窗前,我便看见他沿着小路小跑过来,一身短裤背心,戴着拳击手套的双手朝天挥击。跑到马棚里悬吊的沙袋前,他便娴熟地挥拳击打。

"嗨!"

一击之后一跃而退,绕着沙袋划了个圈,再次出击。

"嗨!"

沙袋几乎没有反应。每一次打击只使它稍稍颤动而已。他却跃开,生怕它会弹回似的。他小跑着沿路回去,训练有素的身姿极其美观,膝盖朝上,手套朝上,下巴下沉。当他转过身来的时候,我看见他小腿上裹着厚厚的白膏药。他走回沙袋前。我打开窗户,狠搭肥皂,放声大笑。罗伯特愣了一下,随后像博斗似的朝沙袋猛击。

"还有什么可以玩的?"

这一次罗伯特没有丝毫停顿,而是继续弯腰,晃身。我一边用

新剃刀刮脸,一边哑着嗓子唱起来:

"我们参加海军去看世界……"

罗伯特停止了拳击。我乐滋滋地眺望着斯城北面的山坡,沿坡是养兔场,坡顶是一簇簇树木,继续唱道:

"……看见的却是水潭!"

在我视野下方的边缘,我瞥见罗伯特朝我翻了一个白眼。这是那种能保持大英帝国的安定,或者至少能镇压住反叛的白眼。凭此白眼,或许外加一条马鞭,白人便能轻而易举地维持秩序,不必动用大棒和长矛。他极其庄重地走入屋去,公爵脸庞高高昂起,目不旁视。我放声大笑,不停地、激烈地笑。

吃早饭的时候,我妈关切地劝告我。

"奥利弗,亲爱的,我知道你通过了所有的考试,马上要上牛津了。老天知道,看到你快乐我有多高兴……不过你在浴室里吵闹得太离谱了! 我们的邻居该怎么说我们啊?"

我不动声色地回答:"小埃温。我在笑他。"

"不要在满嘴是饭的时候说话,亲爱的!"

"对不起。"

"鲍比·埃温。真抱歉,你……不过他大多数时候都呆在学校里。"这种电报体式的语句我完全明白。那意思是我妈为我们家跟埃温家社会地位的悬殊而抱歉。她也知道,越想着这种不匹配,这种悬殊就越显得强烈,无疑是自寻烦恼。童年时期,对社会地位尚无概念,可以说是天真无邪吧,我们在一块玩耍。不过,我们玩了些什么,我相信不管是埃温夫人还是我妈,都不知道。我们几乎没有越出过各自的童车。

"你是我的奴隶。"

"不,我不是。"

"你就是。我爸是医生,你爸只是他的药剂师。"

为此我将他推下墙,跌入他家的黄瓜棚,撞了个不亦乐乎。不用说,从那之后我们便分道扬镳。一方面因为学校和摩托车,一方面因为管束严谨的父母,我们之间发生的最严重的事件也只是用各自的气枪狙击对方,当然总是故意打偏。如今我吻了艾薇·巴伯科姆——多少总算吧——而且目睹他出了洋相,哈!

"奥利弗,亲爱的……我真不喜欢你一边吃饭一边吹口哨!"

早饭之后,我装得随随便便地去了药房。我爸在那儿做药片,用的是传统方法。站在从我家通向药房的甬道上,我第一次正儿八经地思考起来,埃温医生或是那个柴杆似的刚出道的合伙人琼斯医生,跟沉着的我爸比,谁更像名副其实的医生。这样的拜访不同寻常。我爸浓眉之下的表情极其严厉,不过一声没吭。我斜倚在门边的墙上,寻思凭什么借口才能穿过药房到艾薇正在工作的挂号室。或许,我爸会同意我全身上下都检修一遍。真的,我的心脏此刻就跳得不怎么正常。还没等我婉言说出什么来,艾薇——她一定也跟我妈似的配备有天线——在过道的那一头出现了。她一身蓝白棉布大褂,白短袜里面还有体面的长袜。是的,她可不能光着腿坐在挂号室桌前。她将一只手指放在嘴唇上,狠狠地摇了摇头。她的脸有点异样。左眼圈全肿了,所以左脸的画笔纹丝不动,毫尖僵硬地往外刺着排成一列。右脸还好,弥补了这种生硬。不过我没工夫仔细审视,因为她清楚地向我传达着一个信息。手指放在嘴上,摇头——这我明白。不管对什么人,是什么事,什么也别说!十分明智却非必要。可是那双在她脖子上来回晃动的手,仿佛在躲避被扼似的,然后那只手又伸出食指朝广场方向猛地一指——此刻只是脑袋在动,作点头状,一头短发跳跃不止……

艾薇停止了动作,侧耳听了听,隐入挂号室。那门无声无息地关上了。爸仍在做药。我若无其事地踱回家，坐在钢琴边，一边弹一边思考。这一向是一种有效的掩护。她指指广场是什么意思？又是谁要卡死她呢？巴伯科姆中士是一个最可能的人，不过绝不可能到医生的挂号室动手呀。没准是要我去广场，她好给我报信——比方说，在海尔街约会好不好？可是离她下班还有好几个小时呢。或许她能找出个什么理由来。这样想去，越想越高兴。艾薇·巴伯科姆要跟我约会了。不是跟罗伯特，而是跟我！

我信步来到广场，站下，双手插在口袋里，仰面观天。天空是一片湛蓝，配合得再好也没有了。我等待着，希望她出现，我可以尾随她到随便什么适合约会的隐秘地点去。可是一分一秒慢吞吞地过去，最后几至于不走，她还是没来。末了来了一个人，却是巴伯科姆中士。他从市政厅石柱廊下正步走出来，立正，面向广场对着教堂的方向。他手提铜铃，身穿公告员制服——带扣环的皮鞋、白棉长袜、红色齐膝礼裤、红马甲、棉折边、蓝色双排扣长礼服，头戴蓝布船形帽。他摇响了铜铃，挑衅似的挺胸凸肚，瞪着教堂的塔楼，吆喝起来：

"嗨哈，嗨哈，嗨哈！失物待寻。在钱德勒巷，杂货坊和查普洛夫斯之间。嗨，金十字架项链嘞。上刻首字母 E. B. 和 ' Hamor vinshit Homniar' ①。找到者有赏！"

他再次摇响铜铃，朝天掀起船形帽，虔诚地喊道：

"上帝保佑吾王！"

他重新扣上帽子，一个右转，用标准的三十英寸步伐走到密尔街街角，又重演一次。E. B.！艾薇·巴伯科姆！我恍然大悟。这

---

① 原为拉丁文，Amor vincit omnia，语出乔叟《坎特伯雷故事集》中的女修道院长之口，意为"爱可战胜一切"。此处因表现吆喝而稍有变异。

个十字架和项链要悄悄地找到还给她。不能牵涉树林或水潭，恐怕连巴姆斯蒂德的舞会也不能提一个字。我清楚地知道我该做什么了。

历史已经证明，深谋远虑使我的祖国获益良多。以此能力，我定神评估我面对的形势。艾薇要她的金十字架。我要艾薇。重访她对罗伯特投怀送抱的地方应能解决我们双方的需要。如果给予机会，即使胆战心惊，鬼鬼祟祟，她也会亲自溜到那儿去寻找的。最需要我精心设计的是怎样让我们俩同时到达那儿。我无所不知，当然知道埃温诊所的工作安排。我想艾薇可能有的时机是假装清扫或整理病历而晚回家。她甚至可能捏造一个紧急事件来掩护她自己的这个紧急事件呢。因为万一有人去林中闲步，在树枝和橡果壳之中见到那个闪闪发光的十字架，交给了巴伯科姆中士，艾薇就免不了落个比一切闪光物更为闪闪发光的下场——如果传言不虚，那她恐怕又得被中士的那条带有闪光的铜钉和搭扣的军用皮带伺候了。一想到这条传言中的皮带和我有可能使她免遭它的蹂躏，我在紧张和激动之中又增添一股高尚的怜爱。

我跑回家，取了自行车，骑上了海尔街。过古桥时我非常小心，因为巴伯科姆中士正在桥顶上重唱老调。我推车上了坡，再骑上顺势溜向水潭。

一切都已改变，一切又都依然如故。潭水平静无波。树林纹丝不动，却又在阳光下嘤嘤嗡嗡，喊喊喳喳。绿纹斑斓的蜻蜓从水面上掠闪而过，苍蝇回旋飞舞。我将自行车推到潭边山坡上，斜靠在那棵巨大的橡树身上，朝四周看了看，然后仔细地沿着浅浅的车辙一直寻到水潭。不见金十字架，倒是捡到一只沾满泥巴的鞋。我将鞋扔向鲜花盛开的灌木丛前的草地，站住，对着浑黄的潭水干瞪眼。没有别的办法。这场搜寻必须科学合理，就像在沙漠里搜寻一架坠毁的飞机一样。十字架也许——很可能——是在池塘里。但明智的做法是先从容易的地方寻起。

我走回那棵橡树，检查了车辙附近的每一寸土地。每查完一块，我就用断枝在四角做个记号。不多一会儿，记号便从橡树一直插到了潭边上。可是十字架还是无影无踪。别无他计。我脱下鞋袜，走下水去。每走一步，潭水便被搅浑一块，我便不得不停下，等它沉淀下去。尽管如此，我还是没法假装我能看清潭底。最后只好用手瞎摸了。摸过的地方隔不远我便竖插下一根树枝，露一点头在水面上。摸遍了整个水潭，只找到一条深陷在泥巴里、拧成了麻花状的长裤。

我蹚水上岸，回到橡树下，垂头丧气地坐着，等待脚晾干。我重新审视先前的判断，但这一次没等结束便被打断了。一阵轰响有如火箭，从斯城登山而来，接着又沿路穿过树林而下。等到那辆摩托车将近水潭时，我听见它减慢了速度，然后从橡树的另一边，隔着草地，传来空转、回火的轰鸣，最后"突突"两声熄了火。

"下来吧，亲爱的！"

艾薇真不愧是个优秀军人的女儿，动员了一切可以动员的力量。

"嘿，嘿，"罗伯特说。"嘿，嘿，嘿！看是谁在这儿？看是谁在这儿呢？"

艾薇跟着他绕树而来。

"你找到了吗，奥利？"

"没有，对不起。"

艾薇双手互握，绞动着。

"怎么办呀，哎呀！"

除了那件棉布工作服，艾薇几乎没穿什么，除非你将短袜和凉鞋也算上。大约是不愿意冒险穿着长裤坐在摩托车的后座上吧,也可能她就是不愿意穿它。当我将视线从她身体的其他部分上拉开,才发现她左眼圈的伤肿如今已蔓延到了脸颊。她另一只明亮的灰眼睛在静静的画笔包围下睁得大大的——充满着焦虑和期待。

"艾薇,你的脸好些了吗?"

"已经好了。一点也不痛了。我在门上撞了一下。当时痛死我了。噢……我们一定要找到那个十字架!不会是有人已经捡到了吧!我爸他会……噢……"

罗伯特将手放在她的肩上,温柔而坚定地说:

"不要慌,小巴伯科姆。找一下准能找到。"

"我已经找过了。"

"我们再找一遍。"

"你没看见这些插着的树枝吗?我进行的是科学的搜索。唯一没做的事就是将潭水抽干。对了,你的裤子,我给晒在灌木上了。"

"谢谢了,"罗伯特生硬地说,朝灌木丛看去。"我的上帝,小奥利,你一定把泥巴弄掉了不少!"

"我真该死!"

"奥利!鲍比!小家伙们!"

"要是可能,我一定已经为你找到了。"

"没准某人已据为己有了。"罗伯特说。"嗨!科学的搜索——一寸一寸地寻过却仍然找不到。嗬,这可只是你的一面之词,小奥利弗!"

"你这话是什么意思?"

"科学玩艺,"罗伯特说,仍然满脸带笑。"聪明的脑袋和所有其他的鬼玩艺……"

我灵机一动。

"艾薇,我翻过他的裤袋了,里面没有。有可能被他藏在胸前的口袋里了。你问问他,好不好?"

"奥利! 鲍比! 我半个小时之后就得回到诊所去!"

罗伯特止住了笑,变得非常沉着非常镇静。他拍拍她的肩膀。

"不要担心,亲爱的。"

我嘲讽地大笑。

"昨夜你脖子上有没有觉得被人狠拉了一下?"

"没有,当然没有。什么话!"

她一边的脸笑了笑,接着又严肃起来。罗伯特慢慢地踱到灌木丛前,将外套挂在裤子边上,取下衬衫领口下的方绸巾,塞入口袋,然后同样慢慢地踱回来。

"小巴伯科姆,请你到树的那一边呆着,好不?"

"为什么? 你要干什么?"

"我准备给这个缺少教养的小贱坏一点教训。"

他转向我,一副居高临下的派头,偏了偏脑袋。

"你过来,往这边。"

他朝灌木丛那一面绕去。我向艾薇询问地瞄了一眼。她的目光盯在罗伯特身上,双手绞在一起,靠着脖子,嘴唇大开。我光着双脚,在乱枝和橡果壳中拣路跟着。灌木丛的另一边颇为空阔。高高的青绿欧洲蕨组成的墙,夹着一块平整的草地。罗伯特正等着我,而且以令人敬畏的善意拖开了一条带刺的灌木根,好让我走过去。然后他面朝我站住,相距数码,上下颌咬紧,四肢放松。这叫我隐隐地回忆起什么——好像是一本书里的插图。他对我说话的口吻似乎也显示他正回忆起一本书。

"你愿意面朝哪个方向?"

在我就读的普通中学里,我们当然也多多少少有过打斗,不过没福享用拳击手套、沙袋那一类玩艺。再说,我是班长,又专注于化学,早就把这孩子气的玩艺丢开了。

"我不会拳击。"

"我这就教会你。你准备道歉吗?"

"那得等你到地狱里再说了。"

罗伯特将左肩转向我,抬起了双拳,护住下巴,跳跃起来。我扬起了自己的双拳,左拳在前。在罗伯特的专业术语里我大约算是个擅用"左拳"的。我左手弹出的八度音一向像行云流水,轻松漂亮,让人惊为奇才,直到发现我右手笨拙无能至极为止。不过罗伯特可不是钢琴。我见他左手全力冲来,半座树林爆炸成骇人的白色星星。我软软地回敬了一拳,可他已在三码之外了,沙色的脑袋晃动着,双脚轻跃,准备着下一轮攻击。那一朵白色星云此刻变幻成一个个红色的圆圈,在我眼前一会儿扩展,一会儿缩小。我又从这些红圈里送出一拳,可是罗伯特已不在原地了。他的右手臂挥来,我的左耳——其实是整座树林——奏出了一个圆润而连续的音符。除了双手,我一向迟钝、笨拙。此刻,罗伯特跳跃着,总在我的"右拳"——且不管术语是怎么叫的吧——可及之外,我开始从窝心到愤怒,以至于发指眦裂。所受到的拳击——我的右眼也金星直冒了——倒还罢了,只不过"啪、啪、砰!"痛也有限。而他的无懈可击叫我心跳汗流。我索性放弃了模仿他,只凭感觉,知道他就在红圈之外,便以我的八度音技巧,响亮地、有力地击在他的心窝上。真漂亮。他的呼吸和唾沫飞到我的脸上,整个身子扑在我的肩上,两条长臂无力地捶打我的两侧,一边徒劳无益地试图匀过气来。他的一只鞋刮着我的光脚背,刺痛入骨。我怒吼了一声,猛的一抬腿,膝盖正正地顶到他两腿的当中。罗伯特迅疾无比地弯下身子,张大了嘴,双拳捂住了裤裆。我的左拳画了一个四分之三圆弧,呼啸着上扬,砸中了他的鼻子。他踉跄着倒退,隐入草地尽头的欧洲蕨丛中。

红色的圆圈渐缩渐小,圆润的音符越来越轻。我光脚站在草地上,汗流浃背,牙齿紧咬,以至于隐隐作痛。我的脑袋嗡嗡作响,此外能听见的只有从罗伯特躲藏的欧洲蕨丛中传来的微弱声音。那是"噢"主题的不同变调。我听见的第一声非常虚弱,拖得很长,尾音上扬,仿佛他在自问什么秘密的问题。随后的一声同样悠长,非常温柔,仿佛他找到了答案。第三声则是在纵情高歌了。我自己的胸膛也起伏不止,并有一阵突然的冲动,要跑去穿上鞋,再回来在他身上踩几脚。

"奥利!鲍比!你们在哪儿?"

那是艾薇,在欧洲蕨丛中反复呼叫。我保持着咬牙攥拳的姿势,用尽全力喊道:

"在这儿!你还以为在哪儿?"

她露了一下身子。

"他呢?你把他怎么啦?鲍比!"

她又消失了。罗伯特的脑袋和肩膀从蕨丛中升起来,一只手拿着一条猩红湿透的手帕捂着脸。另一只手看不见,大约还在裤裆里。尽管如此,他还试图透过血淋淋的手帕,显示他若无其事的风度。

"伤得不重。医院。过时了。如果你不在意……"

他艰难地走开了。艾薇仍然不见身影。

"鲍——比——你在哪里?"

她冲出蕨丛,短袜和凉鞋上下翻舞着,跑入草地。蕨丛的另一边,摩托车起动了,突突突地远去,留下一串渐弱音。艾薇呆住了。

"哎哟!我可怎么回家呀?都是你搞的!他明天就要去克朗维尔了。今天是最后……"

"最后什么?"

她转过身朝着我,一只眼睛非常明亮,呼吸急促得跟我不相上下。她感慨地笑了。

"男孩子真坏!"

"至少是破了他的相了。"

"你的衬衫湿透了……瞧,全都粘在身上了。"

"候补军官埃温,他马上就要以无鼻奇人出名了。"

我又闻到了她的气息,尽管这回跟我的汗味差不多。我一把抓住她的手腕,将她拉到身边。我的牙齿早已松开,可是心脏又开始狂跳起来。

"艾薇……"

树林飘浮起来。

"我将……我将为你抽干这个水潭!"

她的画笔颤动了一下,笔毫中一颗眼珠抬了起来。我俯身贴过去时,她的双唇嘟着张大了。

"听着,嗨!"

我试图将她拉近,可是她比罗伯特还有劲,一把将我推开。她转而慌乱起来。我听见山谷下教堂的钟声响了。

"这是我本星期第三次迟到了!"

她冲入蕨丛。我跟着也冲了进去,可是光着的脚马上踩着了一蓬刺,痛得我立刻跳起来,哇哇大叫。

"艾薇,等等我!"

"诊所已经开门了!"

我拔出了那些最明显的刺,然后慢慢地走过蕨丛,回到我和罗伯特来的路上。他的裤子和外套仍然挂在灌木丛上,底下是一只鞋。我放下了自己的裤管,以最快的速度穿上袜子和鞋。等我一切停当去追赶时,艾薇已在五十码之外了。她走一阵,接着跑一阵,那头短发跳跃着,然后又走一阵。对这一不幸事件的挽救之道,我能想到的只有再安排一次会面。于是,我骑得飞快,然后漂亮地一个急刹车,停在她的前面。

"我有个好主意了! 不要朝四周看……"

她把外衣下摆提到腰间,露出白色的扎口短衬裤,裤口镶一圈白色花边。她叉开两腿坐上自行车后架。后架吱吱嘎嘎响了起来。

"你真是个讨厌鬼! 快!"

我将全身重量都放在一只脚上,方能让自行车起步。我们摇摇晃晃地上了路。

"我这一次真是迟到得太久了。"

我使出了吃奶的力气,顿时又汗流浃背。不过速度还算差强人意。

"奥利弗——我想他忘了他的外套,还有——不知道埃温太太要怎么说了! 等我们回去之后,你会不会在意去……"

"去干什么?"

"总得有人去帮他取回来呀。"

我喉咙里低吼了一声,扬起一只手抹去眼睛上的头发和汗水,差一点摔了车。

"小心!"

眼前突然一片光明,所以尽管我的双眼看着前轮下的道路,我还是知道是出了树林,来到山顶了。我挺直身子,让车利用惯性溜下山。教堂的钟敲响了一刻。

"你是不是走得太快了?"

我赶紧将前后刹车都用上,车却只迟延了一会儿,马上又加快了速度。我用尽了全力,刹车不再起一点反应。只听得身后一声尖叫,高高的古桥以每小时一百公里的速度向我们迎来。相遇的一刹那,只听到身后车架一阵吱嘎乱响,接着后车胎"砰"地炸了,艾薇放声大嚷。自行车似乎是自动停的。艾薇的身子差点将我撞翻过车把去。她从后座上下来,站了片刻,用双手拍了拍屁股。

"恐怕把衣服给扯坏了……没有。还好。"

"等一等!"

"我真得走了。"

"我们能不能……?"

"可能吧。我不晓得。谢谢你带我这一程。"

她急匆匆地跨过桥,消失在另一头。我回头检查自行车。车架和挡泥板纠缠在一起,卷住了后轮,轮胎爆了。我咒了一句,收拾起这堆破烂来。到最后,我总算把它们一一分离,又把挡泥板从破碎的轮胎上撬开,推着它格楞格楞过了桥。艾薇正在海尔街上紧走慢跑,像方才一样。突然之间,她加快了步伐且保持不变。可惜已经迟了,瘦小的像只鸟似的巴伯科姆太太头戴钟形灰帽,手挎篮子,已经看见了她。她穿过马路,抓住艾薇的胳膊肘不放。两人就这样肩并肩一路走去。罗伯科姆太太不停地在女儿耳边唠叨。我幸灾乐祸地寻思道,艾薇可得赶快动脑筋,逃出她的手才好。我继续格登格登地走去,转入车铺的水泥停车场去寻亨利。等看清他在哪儿,我连忙把车扭头推了个半圆,往来路而去。他身穿白工装裤,双手叉腰而立,正打量着道利什小姐的小双座车呢!

"奥利弗少爷……"

"噢,你好,亨利。我见你正忙着,不想再麻烦你了。"

亨利弯下腰,检查自行车后轮。我的目光越过他的身子,去看那辆双座小车,双脚钉在了水泥地上。那车像是在沼泽地里沤了一两年的光景。

"啊-哈,"亨利说。"断裂得真厉害,真厉害。你骑它带了个大姑娘,是不是? 嗬,这家伙没用了!"

我听见身后一阵轻柔的"咝咝"声。韦莫特上尉坐着电动轮椅过来。

"你好哇,亨利。我的那一个电池充好了吗?"

"还得一个小时,上尉。"亨利说。"瞧瞧这个吧!"

他朝双座车走去。

"等等,"韦莫特上尉说。"让我伸展一下腿。别走,小奥利弗。我想听听你那个队的新闻。"

他开始在轮椅里移动身躯,嘴里咕咕哝哝,咬牙切齿。

"冲啊!"

韦莫特上尉是个残废军人,有丰厚的抚恤金,配了代步的工具,还在医院里被安排了一个秘书性质的工作。这工作,就像他说的,给了他一份荣誉性的酬劳。那颗埋葬了他的炸弹也在他全身种下了无数无法取出的弹片。杂货坊有一个恶毒的趣话,说他一摇晃,全身响得比他那辆轮椅还厉害。他就住在那里,跟巴伯科姆中士对门。他一只耳朵炸聋了。棉绒从耳朵眼里垂下来——那里面脓流不止。

"我得出来。我……"

"你就省了吧! 呆着别动。"

他发起火来。这是因为他正在挪出轮椅。每次他挪进或挪出这辆轮椅,他都要发火。真的,要是你在他还没变过脸之前看他一眼,你有可能看见一种兽性的怒容,仿佛抬起他身体的力量纯粹是仇恨。不过他爱年轻人,喜爱一切青春的东西。这或许是因为他的青春在还没充分享受之前——那时他是个年轻的小职员——便给炸掉了的缘故。祖国需要他献身。他义务到我们中学的小口径步枪射击场当教练。经过不断的挣扎挪移,他能坐到伏身瞄准的我们身边,给予指导和鼓励。

"别拉扳机,孩子! 你瞄准星跟井里的吊桶似的一上一下。要扣——像这样。"

然后你会发觉屁股上有一把肉被按着,捏挤了一会儿。

"上尉,你觉得它怎么样?"

韦莫特上尉一寸一寸地移动着双拐,仔细地打量着车。

"从外表看,像是遭到了火力狙击。"

我的脚不再是钉在水泥地上,而是埋进水泥里去了。

"他们叫做'偷车兜风',"亨利说。"小无赖。我会给他们好好兜个风的。"他打开车门,伸头进去翻看。"给,看看这是什么!"

他退出头来,转过身,手上多了一条金十字架项链。

"哼,十字架是道利什小姐一生从来没戴过的东西,我清楚得很!"

韦莫特上尉朝亨利的手倾过身去。

"你能肯定吗,亨利? 我好像看见过它……"

亨利抬起手细看。

"'I. H. S',反面也有字。'E. B. Amor vincit omnia.'那么,这是什么意思?"

韦莫特上尉转向我。

"你来吧,小奥利弗。你是我们三人中的学者。"

我心中因害怕而冰冷,脸上因害羞而发烧。

"我想那意思是'爱打倒一切'。"

"E. B.,"亨利说,"艾薇·巴伯科姆!"

他抬起那双忧郁的棕色眼睛,望着我的脸,目光停留不去。

"我说我见过它吧,"韦莫特上尉说。"就住我隔壁。常来请教我。业务信啦,排卷宗啦之类的事。她戴在衣服里面,悬在这儿。"

"她曾在这儿工作过,"亨利说,眼睛仍盯着我的脸。"后来去了医生诊所。我猜就是那时候掉的吧。"

"当然啦,"韦莫特上尉说。"她也不是老戴在衣服里面的。要是她不戴珠子的话,她就把这戴在外面,悬在这儿。好了,我得走了。"

他转身艰难地走回轮椅,没再提电池,也没提射击队。他朝我们笑着,开始往轮椅里挪,渐渐地那笑容便变成了怒容。他收起双拐,将轮椅整个转了个向,咝咝地走了。

亨利继续瞪着我。羞愧的热血不可抑制地开始从我的脚后跟升起,冲向双肩,又射向双臂,以至于我握住车把的双手都肿胀起来。它充满了我的脸,我的脑袋——直到最后我的头发都好像燃烧起来。

"噢,"亨利最后说道。"是艾薇·巴伯科姆。"

两个浑身油渍的小伙计本来在拆一辆卡车的引擎,这一阵站着不动,满脸怪笑,看着我们,那笑容难看得跟上尉的不相上下。亨利仿佛背后也长着眼睛,扭转身对着他们喊道:

"难道你们这些小家伙以为我付了工钱,就是让你们整天咧着嘴吗?你们在五点半前得把那些活塞给我弄好!"

我低声咕哝说:

"要是你愿意还给她,我会给她……"

亨利转过身来。我松开一只手,伸了过去。他提着链子,让十字架像个钟摆似的在我手上晃动,仔细地端详着我。

"你还不会开车呢,是不是,奥利弗少爷?"

"是,是,我还不会。"

亨利点点头,让十字架落在我的手掌里。

"请谨代我向她致意。"

他转过身钻进车去。我推着散架的自行车，一只手紧握着十字架，双脚终于可以移动了。回家的一路上我脑子里只有一个念头：

真是侥幸！

放下了自行车，我来到药房。爸正在窗口下眯着眼看一架显微镜。

"亨利，"我一边说，一边随意地晃荡着十字架。"亨利·威廉斯。巴伯科姆小姐在他车铺里干活的时候把这个忘在那儿了。"我把它抛起，又轻松地接住。"让我还给她。"我说。"我想她在挂号室，是吧？我去一下……"

我走完短短的过道，打开了门。艾薇正坐在桌子后面，面对一只小圆镜用右眼检查左眼。镜子里出现的是我而不是她的左眼。

"奥利。你可不该……"

"给你，我想你会喜欢的。"

模仿罗伯特的若无其事风度，我把十字架朝桌上一扔。艾薇朝它扑去，嘴里高兴地尖叫一声。

"我的十字架！"

她放下镜子，手忙脚乱地把项链往脖子上挂。她的脸变得严肃起来，低下了头，口中嘀咕着，一只手在胸口飞快地动了几下。不管是在我们本地的国教教堂，还是那些新教教徒，或者那些介于两者之间的大众当中，我都从没见过这样的情景。她抬起头来看着我，宛然一笑，一只眼睛眨了眨，柔声细气地欣然指责道：

"奥利！怎么回事？"

"你这是什么意思？"

她将椅子向后移了一两寸，然后坐下，抬起头，双手抓住桌沿，审视的目光仿佛第一次认识我似的。

"艾薇……什么时候我们能……"

"那时候你就说实话了,是不是?"

毫无疑问了。艾薇·巴伯科姆,整棵树上最成熟的一个苹果,已明确地欣赏我,倾心于我了!

突然,一个声音响起,在医生的屋子深处回荡。

"巴伯科姆小姐!"

她跳了起来,短发一扬,奔向通往诊疗室的门。在门口她停了一下,回过头来嘻嘻地笑着。

"它一直就在你手里吧!"

我怀着一腔愤怒走回药房。我爸还在看显微镜,粗大的手指一点一点地调整着试片的位置。没受注意,我穿过药房,回到家,思索着下一步做什么。要是巴伯科姆中士从她口中问出实话来,不管是用拷打还是别的手段,他恐怕就不会像她那样欣赏我想象出来的那一部分故事了。这可是要紧的一环。我得在她回家之前见她。但是我想不出理由再穿过药房。在另一方面,要是我站在卧室窗口,就能俯视广场和隔壁埃温家的台阶。等她一露头,我可以立即下楼,到园子里去。要是我妈在厨房或洗涤室,我可以轻易地做出解释。("就是去看看我的自行车嘛。")到了园子里,我可以加速,翻过院墙,落在钱德勒巷,沿着埃温家的园子一路穿过教区牧师的住宅大院和三座小屋。小巷到此就转向杂货坊了,然后再折回教区牧师住宅和教堂墓地之间。这样走我就可以从对面方向进入广场,可以装得偶然碰上她了。于是我就来到岗位上,贴紧印花布窗帘站着。这一等真是漫长,但是我一点也不敢大意。正当我以为她马上就要出来时,我听见沉重的军操步伐从另一个方向朝我的窗下走

28

来。是巴伯科姆中士正从市政厅走来。他走的不是惯常的路线,即从韦氏律师事务所到道利什小姐家的凸窗那一边。他是沿着这一边走来,方向正冲着我家的前门。令我惊恐万分的不是过去二十四小时内我的任何作为,而是我的企图。在那顶前倾的船形帽下,他那一脸横肉和父性的敌意叫我魂飞魄散。他的肉拳随着步伐低晃着,鞋上的铁钉在卵石上击出火花。这时,仿佛她也一直在窗口守望着似的——艾薇从埃温家大门的台阶上跑了下来。她头戴一块白绸方巾,对角系在下巴上,另两个散角随着她的步子飘扬。她自然是穿了长裤,喜笑颜开,双手高举过肩,小腿肚外弯,屁股一扭一扭。她奔向巴伯科姆中士,走近了笑着贴上他的脸,身子几乎垂直地升起。

"瞧,爸!原来我是把它忘在诊疗室的女厕所了!真傻!"

他继续前进。她闪开路,转身跟上。他的大步走得远比她快,所以她每隔一会儿就得跑几步,爆发出一阵欢笑。跟上后,她伸手去触摸他的手,侧身靠向他,头歪向一边,身子便伸展开来,以至于方头巾飘向他的肩头。他要是走前了一步,她就得跑两步跟上,手仍然伸着在找他的手。最后她抓住了他的手,那只手停止了晃动,步伐却没减缓。中士的手指从她的手掌移到她的手腕上。以后她不再跑跑走走,而是以连续的小碎步跑着跟上。她不得不如此。

我下楼来到园子里,开始绕着自家小草坪漫步,双手插在裤袋里。一边是对艾薇漂亮的女性气质的渴望,一边是对她那血腥父亲的恐惧,其间还有另外一些略为不紧迫的烦心事要考虑。亨利有可能无意中漏出一两个字去,尽管我对他有一种绝对而又盲目的信任感。韦莫特上尉也有可能。罗伯特——由于怒气已消,我如今反而担心起他来——罗伯特可能伤得很重。我自己的左耳还是火辣辣的,右眼尽管没有艾薇的那么糟,也还在酸疼,极易流泪。再有就是伊莫锦。一念及此,我在草地上停住脚,凝视一只迟来的蜜蜂在一株飞燕草的花穗上盘旋。我有几分窘困地意识到,已经有好久好久没有想到伊莫锦了。她重又回到我的心中,使我的心像往常一样沉甸甸地下坠。可是这一次的方式让我大感不解,她使得我对艾薇的追求不只是紧迫和不可抵挡;仅仅想起她便促使我孤注一掷。尽管意识到这很荒谬,我还是觉得既然她跟人订了婚要出嫁,我就被迫进入了跟她和他比赛的状态。我重新开始一圈又一圈地走起来。我觉得自己像是一只落在糖浆里的苍蝇。

第二天早晨,我刮着胡子,看见罗伯特跑着来到院子里进行去克朗维尔之前跟沙袋的最后一次较量。这情景叫我惭愧。我们打的那一架如少年读物上描写的,是他那类体形和我这种体形之间典型的对阵。他瘦削细弱,但有命中率极高的左拳;我腰圆膀粗,然而笨手笨脚,事实上是蠢货一个。尽管如此,还是我赢了,而且是以一种所有蠢货所能期待的方式——真的,也是唯一可行的方式——以欺诈而赢的。我用膝盖顶了他的卵蛋。我没法使自己相信那只是个意外,因为我心里清楚,在他无助地弯下腰去之后,追加两拳之前,我立刻感觉到的是片刻的阴险的恶意,残酷的快意和绝对的故意。还有一些甜蜜。那儿是他,就在下面,绕着纹丝不动的沙袋,以运动员式的灵活姿势跳跃着。我看见他的鼻子上贴了橡皮膏,小腿上也是。这儿是我,满肚子阴谋诡计,说乡下话,不会开车。他操练完了准备跑回屋去。我赶紧伸出刮了半边的脸,朝他挥舞着保险剃刀。

"嘿,罗伯特!今天就走吗?祝你一切顺利!"

罗伯特没理睬我,而是高高昂起那张贴着药膏的威灵顿公爵脸庞,笔直走进屋去了。我没有笑,感到的是侮辱和惭愧。

同样,不管我怎么想方设法,四处乱窜,也不容易见到我们的共同朋友,小巴伯科姆。她现在是身不由己,挂了锁,上了栓,加了链子。每天,巴伯科姆中士领她来上班,站着看她走进了门才去市政厅摆放椅子,或是把它们一张张收叠起来;或是去收集公共厕所投币箱里的硬币;或是升国旗;或是绕着小城四处摇铃,宣告工人俱乐部举行惠斯特桥牌系列赛或教区牧师大院办游园会的消息。一般是巴伯科姆太太来接女儿。在通常情况下,巴伯科姆太太身上洋溢着阶级观念和友好愿望。尽管很少有回报,她还是不屈不挠。她是个麻雀似的小女人,像艾薇一样身材姣好,只是已经干枯。她步伐匆匆,昂着头,不断地朝一个又一个人点头,微笑示意——有时简直是伸长了脖子,隔着海尔街,对某个完全不是她那个社交圈里的人优雅地鞠躬致意。自然啦,这些致意从来不被人承认,甚至提及,因为没人敢确定巴伯科姆太太是不是神经不正常,所以自以为有资格这么做;也不敢确定她是不是来自另外一个国度,那里的市公告员的老婆跟警察局长的太太可以亲如姐妹。其中又以前者较有可能。这么说吧,你也许会看见她像个麻雀似的在国际商店的柜台叽叽喳喳,突然谦恭地(脑袋在脖子上偏向左肩)朝汉弥尔顿夫人微笑,而后者显然并没把她放在眼里。她恐怕是我们城里唯一的罗马天主教徒——除非你把艾薇也算上。这一点,再加上其他的怪毛病,使她与众不同而尴尬难堪。既然她不愿意跟杂货坊的下层人搅在一块,此外又没人理睬她,她还能保持徒劳无益的微笑和鞠躬便有点不可思议。但是,在十字架风波过后的几天里,她的微笑和鞠躬就不见了,形容枯槁而狰狞。巴伯科姆中士将艾薇像个包裹似的送来,小巴伯科姆太太又将她领去。

　　一个星期之后,艾薇来到药房,自诉头痛。我爸给她弄了些药。当天傍晚,巴伯科姆太太来到埃温家大门口,然后两个女人一起离开,像一对老朋友似的有说有笑。这是个明显的变化,而且在进一步发展。艾薇像是服满苦役，脱离了监禁。几天之后的一个晚上，总有九点了吧，艾薇独自在广场的那一边漫步。她身穿棉布连衣裙，没穿长袜，而是白短袜配着凉鞋。她袅袅婷婷地走着，嘴唇无声无息地张开，一丝微笑使傍晚的气氛也为之生色，短发黑亮，双眼如今已顾盼流光，只见膝盖以下的腿在移动。一切似乎又回到了当初。神秘如萤火虫，她浑身散发着引人注意的光芒，强烈得几乎能看得见。等走近道利什小姐家面对我们屋子的凸窗时，她放慢了步伐，慢得几乎看不出移动。这绝不是我的想象，即使隔着这么远的距离，我也能看见那黑画笔欢快的闪动以及双目朝我这个方向流来的眼波。仿佛奴隶接到了主人的命令，我偷偷溜出了屋子。

艾薇已过了市政厅，朝海尔街走去。那儿四周几乎无人，除非你把一个警察和电影院售票亭里的女孩也算上。我很清楚社会的禁忌，因而保持了约四十五码的距离，远远地跟着她。这么做并不容易，因为她似乎并没有同样的社会责任感，走得跟蜗牛般缓慢。于是我不得不装模作样地在马具店，烟草店，以及更为无聊的针线店的橱窗前流连徘徊，以便保持合适的距离。她到了古桥便不再前行了。当社会礼法跟异性诱惑冲突时，毫无疑问哪一种力量会占上风。另外，夕阳已下，夜幕降临，黑暗已到了桥弓之下，唯桥上尚有一抹残晖。艾薇拣好了位置，屁股倚靠在桥顶的石围栏上。她的目光凝视着日落之处。我走了过去。一见面双方都作惊讶状。

"你的眼睛好了吗，艾薇？"

"差不多，差不多好了。你的呢？"

我已忘记自己也有伤了。伸手按了按右眼眶。

"似乎全好了。"

"听到罗伯特的消息吗？"

问得突兀，我不由得愣了一下。

"没有。我怎么会呢?"

艾薇一时无言。她仰回头去,从眼角抛来一个媚笑。

"你这一阵闲得很,是不是,奥利?"

"学校放假嘛。"

我的目光粘在了她身上。她不仅散发出独特的光芒,也在吐出花香,还有那缀着花边的漂亮东西以及总比男孩高八度的女孩的笑声。我最终还是移开了目光。与此同时,从海尔街通向广场的一盏盏钠灯也颤巍巍地亮了起来,各自冲破一片暮色。我们不再能隐于黑暗中了。

"我们走一走吧。"

"去哪儿?"

"可以下山去。"

"我爸可不会喜欢我上那片树林去。又是天黑之后。"

我的脑海里闪过那条先是深陷在泥巴里、后来又被挂在蕨丛上晾晒的裤子。

"可是……"

这既令人气馁,又令人恼火。她一副胸有成竹、不动声色、坚不可摧的样子。西天的残晖在一只眼中闪烁,钠灯灯光在另一只眼中闪烁。我走出一两步,然后站住,回过头来看她。

"行了,艾薇……我们可以沿河走走嘛。"

她摇摇头,于是短发跳跃了两下,然后停下。

"爸说了不许我去那儿。"

不用费劲想我也知道为什么。那条路穿过田野通向霍顿,那儿有不少赛马场。巴伯科姆中士可能认为每一丛灌木后面都潜伏有那些好色的马夫,而这种想法离事实虽不中亦不远。

"那好吧,我们沿河朝另一方向走,绕过皮利库克好了。"

艾薇又闭上嘴摇头，莫测高深地微笑。

"为什么不哪？"

没有回答，只有闪闪的眼波、微笑和摇头。每一次短发的飞扬都似乎释放出一团满带挑逗的新的香雾。我迷惑不解，想不出她为什么也不愿意去这一边。此去最引人注意的地方是一所著名的寄宿学院。尽管跟我们城只隔六七块田，它却几乎自成一体，与世隔绝。难道巴伯科姆中士对它也有看法？"别让我看见你跟那些小男生玩，我的闺女……他们都是坏蛋，统统都是！"其实我们四处都被乡村包围着。朝南，是那片浪漫的树林；朝西，便是赛马场；朝东，是那所寄宿学院；朝北，除了光秃秃的丘陵斜坡外便什么也没有了……而我们这么显眼的一对就在这古桥的桥顶。

仿佛艾薇乐于受这样的环境禁闭似的，居然哼起一支曲子，脑袋伴着拍子一上一下。

"啦啦啦，啦啦啦！"

热血涌上了脑门。我嘴里嘟哝着，但是连自己也不知道说的是什么。我亟需一根大棒或是一把石斧。艾薇惊讶地抬头看我。

"你不喜欢他们吗？"

"他们是谁？"

"在收音机里。萨沃伊·俄耳普斯①。我天天夜里听呢。"

上涌的热血变成愤怒，从头流到脚。

"我恨他们！恨他们！下贱……浅薄……"

于是我们两个都默默不语了。同时，我的愤怒渐渐冷却，转变成持续的哆嗦。艾薇最终开口说话了，语调非常冷淡而高傲。

---

① 萨沃伊是法国东南部跟瑞士、意大利接壤的一个地区，又是伦敦 1890 年建造的一家大饭店的名字。俄耳普斯是希腊神话中的歌手。这里凑成一个当时流行的爵士乐队名。

“噢。对不起,真对不起!”

毫无疑问,我是空费一番心思了。但是当我思索着下一步该做
什么时,艾薇又嫣然一笑,抛过一个媚眼来。

“你昨天弹的那支曲子,奥利,我很喜欢。噢,……在钢琴上
弹的。”

“肖邦。c小调练习曲,作品第二十五号第十二首。”

“你能弹得很响哟!”

“我不知道……”

我沉思了一会儿。如果我练习热情奏鸣曲的十六分音符段子,
或者用左手弹降A大调波罗涅兹舞曲的八度音,而通向药房的门没
关,我爸有时就会把它轻轻关上。他自己是个很有乐感的人,所以
当他在做特别细致的工作时,绝不能让音乐分心。

“我可没料到你溜进我们家来过了,艾薇!”

“我在挂号室呀,傻瓜!”

对此我颇感意外。要知道,在挂号室和我们家的老钢琴之间,
隔着一扇候诊室门,一条过道,然后是通向药房的门,又是一条过
道,再一扇门,最后才是挂号室。大概我真的能弹得很响吧。

“我只是练琴,弹着玩的。”

“早上诊所关了门,我离开时你在弹。等我下午回来时你又在
弹。你一定很喜欢音乐,奥利。你弹了有多久了?”

“我是很喜欢。整天都弹。”

“那真好。过几天你得弹给我听。埃温医生也喜欢听呢。”

“真的吗?”

“昨天米尼弗太太走了之后他来到挂号室,说是你还在弹琴。”

“他还说什么了?”

“不多,只说你要上牛津大学了,他非常高兴。”

我心中深为感动。我从不知道埃温医生也是个爱乐者。我一直在试图学会肖邦的练习曲,因为那些狂野的不协和和弦,那音符的风暴似乎准确无误地包含和表现了我那徒劳无益、毫无希望的对伊莫锦·格兰特利的激情。但是它的技巧难度极高,令我着迷。我解释说:"有一个音符,G 本位音,我必须用这个手指在滑过时弹响它。你瞧……"

我将右手食指划向她的脸。她双手接住,仔细观察了一番,然后扳弄起来。

"噢,小心点! 痛呀……"

艾薇哈哈大笑,扳了又扳。顿时,冰川消融,春潮激荡。我们又喊又笑,在钠灯照耀下的暮色中闹成一团。我也不清楚是怎么回事,便从被追打者变成了追打者,轮到艾薇在躲避了。

"别! 别! 奥利! 你不可以……"

她贴近了我,实实在在地靠在了我的胸脯上,停止了挣扎。

"不可以了。人家会看见的。"

我抓住她的手腕,把她拽下桥顶,来到一半在地上、一半在水下的桥墩处。钠灯照不到这里。她停止了嬉笑,我却又开始哆嗦。唯一的光亮来自艾薇。那三颗黑李子背靠桥墩,离我是这么近,但这次没有被纷披的头发遮挡,没有垂滴的雨珠,那神秘的幽香散发不断,令人欲狂。我抱紧了她,腰微微颤动,全身发烫。我得到了一切我想得到的亲吻。我得到了比我想得到的更多的亲吻。但我没有得到其他任何东西。

教堂的钟声响了。艾薇顿时变了,从一个刚好有足够的力量保护自己不受过分攻击的娇娃——除非你加倍地哀怜恳求——变成一个能担负煤块和劈柴的铁姑娘。由于脑袋还晕乎乎的,我一时未能适应这一转变,所以她用双手将我一推,我就倒退到了河滩的半途。

金
字
塔

"嗨！妈妈说了……"

她向岸上奔去。我紧追不舍，将泥块踢得一路乱飞。在桥上我追到了她。

"艾薇……我们明天晚上来这里吧。要不我们去逛一圈？"

她在钠灯光下恢复了平素的步子。

"我没法拦住你不碰上我，是不是？这是个自由的国度。"

"那好，明天……"

"随你便。"

她走上了海尔街。随着理智的恢复，我意识到仍在人间，感受到将要走入的地区于我的微妙影响。这条街的半途上一家铺子的楼上，住着我众多的主人之一，或者说是他的一处住所。一到市政厅，那就进入我父母控制的范围了。过了市政厅便是广场。我爸妈非常可能正在寻找我。我开始放慢脚步。艾薇的前进速度也放缓了。前途是个绝境。要避免被人看到跟她在一起只有一个办法。

37

"喂，"我停下说。"明天见。"

艾薇转过头来。

"你不回家吗？"

"谁？我？我还是要去走一走。"

艾薇头一侧笑着说。

"那好，再见。"

我轻快地走回古桥，上了桥顶，然后蹲下身子，拣了一个有利的角度回头偷看。她的衣裳和袜子一路上升，最后在市政厅跟道利什小姐的凸窗之间消失了。我拣了僻静的小巷回家，从西北面进入广场。我家黑了灯，爸妈已经睡下。我尚无睡意，却有心练琴，于是弹了一通那支练习曲。它如今似乎不仅仅包含了伊莫锦，而且也添上了艾薇,反映了形形式式的情场失意。

我妈从门背后伸出头来,微笑着慈爱地说:

"奥利弗,亲爱的,天可不早了哟……"

第二天,我右手的食指一碰就痛,仿佛指根的骨头受了伤似的。我懊悔不已,只好放弃了这天的钢琴练习,以漫步代之。这一走就是一天,中午吃了个三明治,到傍晚方才回家。这样,在我去追求艾薇之前所剩的时间就不多了。我用这一点点时间来精心打扮自己,调动了我不多的库存,尽可能地显示魅力。至于罗伯特的脸庞,高出的三英寸以及摩托车,我就无法可想了。不过我去掉了那种被人们称作"五点钟的阴影"①的痕迹,并抹了头油,以便跟艾薇的香气争锋。我并不自欺欺人地相信自己俊俏,但是听说女孩子相对来说并不太在意这一点。希望她们确实如此才好,因为我从镜子里端详自己的尊容,得到的结论非常遗憾:那张脸连我自己也不会爱上。它没有一点温柔的特征。我试图迷人地笑笑,结果是我只能扮个鬼脸,自我解嘲。

"太太,今天您要多少牛奶?谢谢,太太。是,太太。不,太太。谢谢,太太。再见,太太……"

我对自己吐了吐舌头。

"哞……"

事实一清二楚,我只有表现得敏锐,独特,老练——一句话,聪明伶俐。不然的话,我只有用大棒去赢得女孩子一条路了。艾薇是个女孩,非常典型的女孩。我记得她将我推下河岸的激烈,也记得她移开我在她身上乱摸的爪子的缓和——温柔地,恳求地将我的手

① 指络腮胡子重,早晨刮过,到下午五点便又长成黑黑的一片。

推到一边。我自己也怀疑即使使用大棒，我又能得到什么。但是那条沉入池底无影无踪的裤子又是无可辩驳的事实。

艾薇是可以到手的。

"哞……"

她沿着广场南边走过，这一次一眼也没有瞧我们的房子。经验告诉我要耐心。等她在桥上的石栏上坐定，我才赶上她。这时我对任何行动计划都无把握，想了半天也没想出一个高明的主意。我曾想过假称爱好观察鸟儿，希望她会同意跟我去悄悄等候红脚鹬出击什么的。可是事实上我连麻雀和云雀都分不清，知道自己对这一行完全无知。还有去采摘野花，搜寻古代战壕的遗迹，发掘稀有矿物……都不行。我一筹莫展。再说不管你如何费尽心机，艾薇只要把她爸妈规定的禁区当挡箭牌一挂，我就无话可说，只好被限死在桥上，或是从桥到杂货坊这一条令人难以忍受的路线上。结果，我只好在她面前站着，前前后后地倒脚，手杖悬在腕上。

"艾薇，你好！"

艾薇将头偏向一边，仰起一张笑脸。

"这么晚才来。"

"我忙着呢。"

"你忙！"

我憎恨她的言外之意。

"我正在休养。你晓得，我前些日子用功过度了。"

"你是指钢琴课吗？"

"当然不是。"

她沉默了，但继续微笑着。我朦朦胧胧地思索着钢琴是什么东西。但是，我还在思索，艾薇却已哼起曲子来。那旋律立刻吸引了我，使我心无旁顾，一如平日。于是，我不由地在记忆中搜寻起来。

"道兰德！"①

艾薇放声大笑，脸上迷人地容光焕发。她开始唱起来。

"……天天哭泣着，

放牧我的羔羊，

在草场上，在草场上，

在草场上，在草场上！"

"你的嗓子真美！你一定是……"

"我学过唱歌呢。"

"从道利什小姐那儿？彭斯？"

她点点头，咯咯地笑了。

"啦，啦，啦，啦，啦，啦，啦，啦！"

于是我们在钠灯下想着我们那位乏味的老师和她枯燥的课，笑作一团。

"啦，啦，啦，啦，啦，啦，啦，啦——！"

"不唱道兰德的了，唱一首别人的吧——'聪明先生'！"

"艾薇，你应该坚持唱下去才好。"

"要是有人给我伴奏，我就会的。"

"你没有钢琴吗？"

她摇摇头。我的目光越过她去看河，脑海里却顿时浮现出杂货坊的景象。巴伯科姆中士的小屋跟韦莫特上尉的隔街相对。这是两间该地区最好的房子。在它们之后，房子越来越小，越来越旧，越来越脏，越来越破，一直延伸下去到那座颓圮的磨坊。孩子们在泥路上翻滚扭打。男孩们穿的是典型的"穷人制服"：腿上是剪短了的老爸的裤子，身上是老爸扔掉的衬衫，所以屁股以下长出一大截。平

----

① 约翰·道兰德(1563—1626)，英国作曲家、歌唱家和诗琴演奏家。

素大多是光着脚丫。我突然意识到那就是报纸上称作贫民窟的地方了。要是巴伯科姆中士买不起一架钢琴，其余的人也就不用说了。

"那么韦莫特上尉呢？他……"

她又摇了摇头。

"他曾经有过一架留声机和一个收音机。在我小的时候常常让我进去听。"

"那真不错。"

"一杯柠檬水，一只小面包。都是古典音乐。他还有过一架打字机。"

我们默然了片刻。

"所以我没有唱下去。"艾薇最后说道。"至于学打字……"

我明白了，严肃地点了点头。真遗憾。

"你今天没有弹琴，奥利，是不是？"

我笑了起来，举起肿痛的手指。她接了过去，用她自己的细白手指检查指尖。这一检查翻来覆去好几遍，渐渐地仿佛从旧的印模或底片上复活了我们的快乐时光，从被追者到追求者的转换，推推攘攘到了桥墩底下，半推半就地脸对着了脸，欲迎又拒，亲吻，挣扎，幽香，三颗李子，隐约闪亮的皮肤，颤动……

"你不喜欢我吗？"

"当然喜欢……不，奥利，你不可以……"

"噢，别装……"

"你不可以……这样不好！"

我知道，也同意，这样不好；同时也知道，对我而言，好不好并不是问题所在。

"放开我，奥利……放开我！"

我又滑下了河滩。这一次一只脚浸入了水中。我急急地爬起来,艾薇却在凝视天空。

"听!"

星空下有一阵隐隐的嗡嗡声。她跑上桥顶,伫立着。仿佛天外来客,一点红光在北斗七星之下移动过来。

"它要飞到我们头上来了。"

"皇家空军。"

红光边上显现了一点绿光。

"不知是不是鲍比?"

"他?"

艾薇仍然仰头凝视,嘴巴张开,脑袋越仰越后。光点之间显出了飞机乌黑的身影。

"他说过一有机会就飞来。说要在斯城上空做特技表演。还说要是能找到一个地方降落,他就会接我上去……"

"鬼话!"

"噢,瞧!它要降……不,不是的。"

飞机从头顶掠过,她跟着旋转脚跟,慢慢地低下头,直到那团黑影沉入树林背后。

"他们还不会让他开呢。他去了那儿才不过个把星期吧。"

她跺了一下脚。

"男孩真幸福!"

"等我去了牛津,我也要学飞行的……大概会吧。我早就想到了。"

她飞快地转过身来。

"哎,如果可能,我会爱飞行高于一切!我会爱跳舞……爱唱歌,当然啦……爱旅行……爱做一切可以做的事情!"

我窃笑艾薇想做一切的念头,旋即停住了笑,因为想起了那条裤子,想起了那件我想让她做——或者说她肯让我做的事情。

"我们还是下去吧。"

艾薇摇摇头。

"我要回家了。"

她重新开始漫步,走向街灯的弧光。我跟在后面,心中诅咒皇家空军,特别诅咒它最近的一次招兵。随着走过一盏盏街灯,地区势力范围的压力越来越厚重,我放慢了步子。艾薇也缓了下来。

"好吧……再见,艾薇。明天见。"

艾薇继续前行,回头嫣然一笑,举起左手,伸出指头朝我点点。我谨慎地观看竖立在电影院外面的道格拉斯·费尔班克①的宣传画,等到她消失在广场之后才往家走,但一直紧贴着市政厅,直到确认广场上空无一人,才敢走出它的阴影。

走进门,妈妈正在补我的裤子。我坐下时她的镜片朝我闪了一下,然后又低下了灰白的头,继续工作。

"我看到鲍比回家了。"

"鲍伯·埃温?"

"周末嘛。"

"老天……他不是飞来的吧,是不是?"

妈笑了,扶了扶眼镜,手上的顶针一闪。

"当然不是了。埃温太太开车到巴切斯特火车站接的。"

爸在壁炉炉栅上敲空了烟斗。

"他以后旅行会坐头等舱的。这是规矩。军官都这样。"

"爸爸,他还不是军官呢,只是个见习生罢了。"

"噢,是吗。我不知道。"

---

① 道格拉斯·费尔班克(1883—1939),美国电影演员,二十年代的"好莱坞之王"。

我站起身,看见妈妈瞥了我一眼,又回过头去。我径直走向浴室,观察嘴唇,上面没有唇膏印迹。站在镜子的前面,再次证实了我先前对这张面孔的评价。它不仅仅是不温柔,还是忧郁暴躁的。我不知道一个脱光了的女孩子会是什么个模样——艾薇会是什么个模样。我尽管没有精确的概念,但想象中那一定是非常漂亮的。我发觉自己想到了伊莫锦·格兰特利的身体,赶紧打住。即使是无意之间把这两个女人相提并论,我也吓了一跳。我知道自己没有资格去想这样的念头或追求这样的东西。我才十八岁。蟋蟀、足球、音乐、散步、化学,这些才是我该玩的。在这一场微妙得难以描述的竞争中,伊莫锦是稳操胜券的。我将前额靠在小镜子上,闭上眼睛,就这样呆了很久很久。不是思索,而是感受。

但是第二天早晨,我又绞尽脑汁策划起来。我以无比的勇敢下了决心,无论如何要将艾薇带到一个可以发泄我的邪欲的地方。我明白那将是邪恶的。是的,我是一个坏蛋。我指天咒地地发誓要残酷无情,心里便好过了一点。吃过下午茶,我便走上山林,在边缘地带寻找一块隐秘而又便于尽情嬉戏的处所。这样的处所有的是。每看到一处,我的体温便上升几分,最后终于大汗淋漓,心跳不止。我回头下山,走去古桥等她。这时忽听得一阵轰鸣从那里而来。那张威灵顿公爵的脸庞从身边一闪而过。我扫见艾薇骑在他身后,白色的绣花衣在风中飘扬,她双眼发光,嘴巴兴奋地大张。然后他们消失了,树林恢复了宁静。

过了片刻我下了山,跨过古桥,上了海尔街,走回家。妈妈正在缝补爸的连裤内衣,抬头看了看。

"今天回来得早呀,奥利弗?"

我点点头,在钢琴前坐下。过了一会儿,妈妈悄悄地走了出去,把门关上。我弹起琴来,对着空空的房间,空空的挂号室,空空的广场和小城。我再次弄伤了手指。

第二天早晨我来到浴室,去窗边偷窥罗伯特。如果被他看到的话,我准备尽我所能讽刺他一番。可是他不在。沙袋一如既往,悬在半空,一动不动。摩托车停在角落的车架上,蒙着一身的白灰。尽管隔得这么远,我看见了金属车身上深凹的圆洞。一个车把向后扭弯了。我立刻兴高采烈起来,同时也有一点担心——不是担心罗伯特,而是担心我自己。我不该看见这辆撞烂的摩托便幸灾乐祸。为逼使自己回到正常的人性上来,我甚至自言自语起来。

    "可怜的罗哥! 希望你别伤着了……"

    这时我回想起那在风中猎猎作响的白绣花衣,裸露的膝盖,我的思想和感觉顿时混乱成一片,理不出个头绪。我尽快地刮了脸,急急忙忙下了楼。早饭已在等着我了,而我爸已经去了药房。听见我下来,妈端了早饭进来。

    "见到罗伯特的摩托车了吗?"

    妈放下热托盘,在手巾上擦了擦手。

    "听说了。我知道早晚会有这样的事。年轻人……摩托车应当禁止上路。"

    "他伤着了吗?"

    "当然受伤了。还会怎样?"

    "很厉害吗?"

    "还不清楚。他被送进医院了。"

    我伸手自己取了国会牌甜酱①。

_____

① 英国人习用的一种佐食酱,类似美国的番茄酱、牛排酱,据说源出于东南亚,因商标上印着国会大厦,故有此称。

金

字

塔

45

"还有别人受伤吗?"

妈沉默了片刻。她的沉默总是让我心虚。她可以看透一堵砖墙,这就是我妈。我心虚地回想起桥下有多黑——以此来壮胆。没有任何理由说我不可以碰巧在桥上遇到艾薇,停下说几句话。不管怎么说,她几乎就是跟我们在一个屋顶下工作呢。

"还有别人受伤吗,妈?"

"我想禁的还不只是摩托车呢!"

她收拾着爸的早餐用具。

"没有人受伤……真可惜!"

我瞪大眼睛看着她走回厨房。显然我妈是生气了。她并不常常生气,而一气起来,我知道最好是躲她三分。今天是不可能再从她那儿得到进一步的消息了,不管我如何绕弯子探究。我也不能问我爸,或者应当这么说,我可以问他,但是他恐怕早已忘掉了事情的细节。这样只剩下艾薇本人了。于是,吃过早饭我漫步穿过药房。爸像平日一样,默默地干着活。我听见挂号室传出的打字机吃力的噼啪声。看来错不了了。她平安无事。没有伤到要呆在家里……也可以正常地按时上班。我的担忧立刻被欣慰一扫而光。我的拳头在罗伯特身上没有达到的目的,现在他自己达到了,而且没要我帮一点忙。

"爸,要我帮什么忙吗?"

爸转过了他沉重的脑袋,圆圆的镜片后面满是惊讶。他捋了捋小胡子,摇摇头,马上又扭过头去。我隐隐意识到我妈的脾气今天一大早就发作了。我走回钢琴前,来了个一石三鸟:既活动一下酸痛的手指,也刺激一下妈妈,又提醒艾薇我的存在。然后我闲逛到城里去,看到巴伯科姆太太在市政厅前吻别巴伯科姆中士,便停顿了片刻,直到她离开。轮到我经过时,他从正在刷洗的草垫上抬起头,对我点了一点。我没有看错。他以前从来没这么做过,如今对我点头了。我仰了仰脑袋,这个动作既可以被认为是回报他的示意,也可以是避开一只苍蝇,然后继续向前走。我是太吃惊了,以至于在古董铺的橱窗前伫立良久,审视着里面的陈列。我不知道该想什么。在一大堆烂书中我读着尚可辨认的几本书的题目,从中挑了一本拿出来细看,却又视而不见,相反看到了巴伯科姆中士不同寻常的点头——好像我也是个军人或者酒友似的。我把书放了回去,向前走过快乐茶室,里面六个学院女子正在吃面包,喝咖啡,叽叽喳喳说话。走过原先的谷物市场、如今是剧院的门口的道格拉斯·费尔班克画像,眼望剩下的伸向古桥的海尔街。不用担心了。任何人、任何一对,躲在最远的桥墩下都绝对不会被海尔街上的人看见。我没事了。

巴伯科姆太太从海尔街的另一头过来,提着一网兜小包和纸口袋。她身穿平日穿的灰套装,头戴平日戴的灰钟形帽,一颗巨大的假珍珠挂在左耳上。她干巴巴地微笑着走来,向一个个并不理睬她的人点头示意。她看见我,并没有改变轻快的步子,但是脑袋微微偏下,屈了屈身,一口假牙闪了一闪。她保持了这个鞠躬的姿势和笑容走了大约五码,直到一个男子在电线杆附近遮住她为止。

我恍然大悟,悚然而惊,知道了自己的欲望面临多大的危险。当然还不止如此。不管是巴伯科姆中士还是他太太,都不会有我妈那种魔鬼般的洞察力。这是艾薇在捣鬼。她一直是在用我做避雷针呢。我以弹奏任何曲谱都不曾有过的精确和直觉,在脑海里梳理着人性的真相。艾薇绝不可能拥有罗伯特,连追求都谈不上。要是她想试试,那就会撞上一座坚硬的峭壁。但是她爱他的摩托车,为骑它而付出了代价——是的,付出了代价!——她需要为在外边逗留和迟迟晚归找借口——我这座峭壁跟埃温家的一样坚硬,却并不那么高。不,根本不能相提并论。它甚至没有艾薇自己的那座高,艾薇的峭壁能让那些老在市政厅左右闲逛的无业游民敬而远之,不敢骚扰。对艾薇来说,我是一支避雷针。对她父母来说,我却是一个可能的求婚人。好斗的巴伯科姆中士一定是被那些细白的小手指拧转了向,被那些嘤嘤呖呖的声音说昏了头,相信我们正恋爱着呢。我把遮住眼睛的头发捋了上去,深深地吸了一口气。除了对她父母的这种假想的恐惧之外,我更沉溺于猜测艾薇到底怎样利用了我。比方说,是不是说我绊住了她直到十二点之后?甚至说是我偷开了彭斯的汽车?还有其他吗?艾薇的肚中还有什么诡计?我不用琢磨就敢肯定,不得已的时候她肯定会撒谎,就像我在不得已时撒过谎一样。如果我的判断不错,出于无奈,她什么都会捏造。我就像在做噩梦一般,看见了巴伯科姆中士出现在家门口,双手绞着他的船形帽,逼着我爸回答我的企图。我知道自己的企图,艾薇也同样知道。但是这企图跟成家立业实在沾不上边。我绕到市政厅的另外一边,回了家,轻柔地弹起了钢琴。

晚上,有关罗伯特的消息仍是含糊不清。唯一可以确定的是他要在医院里呆上一阵了。我早早出门去古桥,心中思忖,如果我常常被人看见坐在那儿,就不会启人疑窦了,至少不会对我与艾薇见面说三道四。又是在霞光满天的时分,艾薇才出现,她沿街姗姗而来,走到我面前,脸上淡淡的一丝微笑。

"你一点也没有受伤吗?"

她的笑容灿烂起来,露出几分狡黠。

"什么意思,奥利?你在说什么?"

"昨晚的事。"

"我可没有……"

"我看见你了,艾薇。骑在摩托上。"

她突然哆嗦了一下,拱起了肩膀。

"怎么啦?"

"该是野鹅在践踏我的坟墓吧。① 奥利……"

"什么?"

她扭头瞥了一眼海尔街。

"你不会说出去的,是吧?"

"我为什么要说?"

她朝我甜甜地一笑,松了一口长气。

"谢谢。"

我讥讽地放声大笑。

"哈哈!你是跟我在这桥上,是不是? 我们谈论了音乐,是不是? 我们走到水边钓小鱼了。你没有给你妈看那装鱼的果酱瓶吗?"

"我只是说……"

"你说了我带你去了巴姆斯蒂德。你说了我偷开了彭斯的汽车! 我知道你是什么货色!"我怒视着她,竭力要刺痛她。这至少是可能做到的。"我不知道你还说了些什么。撒了多少谎。在半夜里把我从床上叫起来……多好的小伙子,奥利弗,即使他没有摩托车!"

"不是这么回事,奥利……我没办法呀! 你不明白——"

"我明白得很。你就像——"我环顾着道路,河水,山坡上树林的朦胧黑影,自己也不知道为什么,凭空冒出了这么个词,大吼道:"你就像……萨沃伊·俄耳普斯!"

---

① 民间的迷信习俗,认为无故寒战是将死之兆。

艾薇突然咯咯地笑出声来,笑得我不知所措,闭上了嘴。

"你真是个好玩的孩子,奥利!"

她继续笑个不停,好几次笑得噎住了气。她从桥上的围栏倾过身来,双手抱住我,脑袋垂在两手之间。我感觉到她浑身的颤动。

"真好玩! 真好玩!"

"闭嘴,艾薇! 天哪! 还不闭嘴吗?"

她终于沉默下来,抬起身子,在桥栏杆上坐直了。她晃了晃脑袋,于是一头短发扬了扬,飘逸出一阵芳香。她从左手腕上的仿琥珀手镯下抽出一片白白的东西,在脸上这儿那儿点了几下,然后又放回去。我心中情不自禁地生出几分怜爱。为了掩饰这种不够男子汉的情绪,我竭力装出粗暴样子。

"你真他妈的好运。为什么你没受伤呢?"

"这无关紧要。说实话,我没在车上。"

"那么……"

"是我怂恿了他。我激了他。他说:'这个小东西在我的手里能够爬上树去。'我就让他试给我看。我想跟他一块试来着。那儿是个石灰窑……"

"在哪儿?"

"我也想试试,真的想。'有你在后座可不行,巴伯小妹,'他说。'起!'摩托车一下子就飞起来砸在了他身上。"

天边北斗星下传来一阵嗡嗡声。我抬起头,看见闪闪的红灯朝我们飞来。看来是定期的巡航,一种训练吧。艾薇没有跟我一起抬头看,而是看着自己的脚。她又开口说话时,嗓音出奇地嘶哑,是来自杂货坊深处的那一种。

"他恐怕要变成个跛子了。"

飞机嗡嗡地远去,消失在山顶的树林背后。艾薇清了一下嗓子。

"一辈子残废了。"

然后我们都默默无语了。艾薇低头看着脚下的路。我按照自己的天性琢磨着这条消息。我当然感到适度的震惊,但是另一方面又有几分斯城对他人的苦难特有的幸灾乐祸之心。

她在桥栏顶上挺直身子,朝我宛然一笑。

"你今天没有弹琴,奥利。"

"不,我弹了。很轻。"

我伸出手指,半是解释半是邀请。可是艾薇只扫了一眼就移开了目光。她神奇地收敛了呼吸。好像一组倒放的镜头,只见一团火光自动向中心缩小,已燃烧成灰的纸片又重新舒展开,然后消失,只留下一片平静。就连她右眼中的钠灯灯光也越来越黯淡,变成静静的一点微光。这种收敛也感染了我,但是足以令人乐观的是,可以不为所动。

"好了,艾薇!我们下到那儿去吧!"

她摇了摇头。

"来吧,小巴伯科姆!"

钠灯爆出了火花。

"别这么叫我!"

她飞快地站起来。

"罗伯特这么叫来着。"

"他可以爱怎么叫就怎么叫!"

"别发火!"

她似乎想说什么,又改变了主意,转而斜着眼看了看身后,拍了拍屁股上可能有的石渣。我也像盏钠灯似的爆亮了。

"那么你为什么要到这桥上来?"

她停止了拍打，看着我，眼睛和嘴巴都大张着。

"为什么？还有什么地方好去？"

她在一只手上擦了擦另一只手，淡淡一笑，扭头走向大街。

"艾薇……"

她没有作声，继续朝前走去。到了桥尾大街的起点，她扭过头来，抬起左手伸出指头摇了摇。我愣在原地，手杖横在大腿上，瞪着她。她，我们本地的风景，回身继续前行，浑身只有膝盖以下在移动，沿着巴伯科姆中士或者他太太每天巡视的那条无形的路线前行。她走过一杆灯，又一杆灯。怀着新的热望，新的邪念，我看见并理解了一个个小酒馆门外那些穷汉是怎样注视她的，他们的脸是怎样带着无声也无望的欲念跟着她转动的。等她走出五十码外，讥讽的、淫荡的笑声便爆发出来。我知道我自己是绝不能忍受这种境况的，我的脚会肿胀，脸会僵硬。可是艾薇的步子绝不因此而迟钝一分。我绕道走了偏僻的小巷回家，以免遭遇那种夹道羞辱。

第二天早晨，我郁郁不欢地刮着脸，突然冒出一个念头来，剃刀便在脸颊上停止了。罗伯特的摩托就在他家的马房里。我赶紧地朝外看去，发现它完全没有被动过。我刮完脸，匆匆下楼去吃早饭，一边告诫自己，必须小心而技巧，一步一步将谈话绕到目标上。

我下来得太快，以至于爸妈都还没吃完。妈妈停下来去厨房为我拿早餐。这是个好机会。

"小罗伯特的摩托车还在马房里，我看见了。"

"噢？"

"是的。"

爸抬起了眉头，从厚镜片后扫了我一眼。

"那是它最合适的地方了。"

我点点头,不使谈话中止。

"不管怎么说,它不会淋到雨了。"

"哈!"

妈走了回来,将我的盘子重重地放下。这一向是她有话要说的表示。

"别打那辆车的主意,奥利弗! 不管是借还是买!"

我的嘴泄气地张着,她重新坐了下来。

"再说,"我爸说,"我们也买不起。"

"我已经有……"

"你将来会需要的,"妈说,"每一分钱都需要。"

"要是罗伯特……"

"一直叫你咽下食物再说话嘛,亲爱的,"妈说。她咽了一口饭。"他以后还要骑它的。这是说如果他爸还允许他的话,不过我可不太相信。埃温不是个傻瓜。"

"要是他跛了,怎么还可以骑呢?"

"跛?"妈说。"谁告诉你来着?"

"他撞伤得很厉害,"爸说。"还断了几根肋骨。不过他会好起来的。"

"我以为……我看见那辆摩托车了……摔得真烂……"

"只要几个星期,"爸说。"小埃温就好了。也是一个教训,蠢蛋!"

"《斯蒂伯恩广告人》上每个星期都有这样的事。撞死了的,撞得半死的。哈! 这倒叫我想起一件事来了。孩子他爸——伊莫锦·格兰特利就要在巴切斯特大教堂举行婚礼了!"

"那一定是个大场面,"爸一边说,一边推开盘子。"什么时候?"

"七月二十七日。只给她剩下几个星期了。不过只要有钱……"

"多半是虚套,"爸说。"盛装打扮。"

"不管怎么样,她的叔祖父曾是教长,他娶的就是个跛子。那时候……我不知道她会找谁做女傧相?"

"总不会是我。"爸说。他在镜片后面眨眨眼,站起身。"我得去干活了。"

"奥利弗,亲爱的,再把那个鸡蛋吃了!"

"别再想那摩托车了,孩子。等你到我这般年纪你就明白了。"

"吃了它。"

"别烦我!"

"怎么可以对你妈这样讲话!"

"别烦我!别烦我!我……不要吃!"

爸坐了下来,严肃地看着我。

"他老是这样一会儿高兴一会儿闹脾气,"

妈看着爸说道。爸回望着她,她意味深长地点点头。"我一直在想这是不是个好主意。"

他俩就这样隔着餐桌开始交织一张慈爱和关切之网。

"日常功课,"爸说。"那才是他仍然需要的东西。"

"噢,那我可不知道。他一向就这样一阵笑一阵闹。我以前也这样。"

"稳定而平静的日常功课。他应该回到学校去度过还剩下的这三四个星期。"

"我不去。我已经不再是中学生了!"

"让我们看看你的舌苔,孩子。"

"看在老天爷的分上!"

"不能这样跟你爸说话！"

"我要离开这个地方。"

"够了，奥利弗……！"

"我一定要。去任何地方都行。"

"好了，"妈温柔地说。"你就要去牛津了是不是？只剩几个星期的时间了……"

"小题大作，"爸生硬地说。"欠收拾，那才是这孩子需要的。"

"他一向是这么一会儿高兴一会儿闹，打小时候就这样。"

爸又站起身，慢慢地走向药房，口中的嘟哝被门隔断了。

"我就去给他找个……"

我也站了起来，双腿直抖。

"你到哪儿去，亲爱的？"

我恶狠狠地摔上餐厅的门。我伫立着，双腿仍然颤抖不止，注视着那架旧钢琴和它前面磨残了的琴凳，用尽全力挥起左拳，砸向两支铜烛台之间闪闪发亮的胡桃木板。它应声从上到下裂开。

"奥利弗！"

我气急败坏地扭开前门的链锁和插销。

"奥利弗，回来！听我说！就为了我们不肯给你买……"

我把前门也摔上，听见了从教堂钟楼传来的回声。我将院子的铁门打开，站在环绕草地的围栏边上的鹅卵石人行道上。这时，我看见了巴伯科姆太太在道利什小姐家前面的围栏边上，朝我弯腰微笑。

我坐在古桥的桥栏石上，只稍稍清醒了一点点。嗓子从来没有这样干过，左手看上去就像一只拳击手套。

我开始漫无目标地在城里逛起来。远远地我看见艾薇下了班，离开埃温家,急匆匆地走回杂货坊,便自己对自己冷笑起来。然而不久我便看见她回来,走过牧师大院,消失在一条通向我家院后钱德勒巷的小弄里。我继续自我讥讽地冷笑着,绕了一个方向走去看她上哪儿。钱德勒巷空无一人。我开始搜寻,尽管并不抱希望,但是也只有这样才算有事可做。

习惯的力量真大,尽管是在小如斯城的这么个地方,我居然无意识地走到了小城的一处尽头。上一次到这儿时我还是个婴儿,是坐在推车里被人推来的。这儿有一间木屋,坐落在一块荒地的尽头,背靠着陡坡。我好奇地审视着它,因为从来没见过这样的房子。它是座罗马天主教堂。屋外的告示说,只要有机会,这里就会举办弥撒。我不由得笑起来,也顾不上气恼了。除了在历史课本上,我还从来没见过罗马天主教堂呢。打个比方,看到它活生生地矗立在面前,就好像看见一条梁龙①似的。我开始放声大笑。艾薇手里拿着拂尘从屋里走出来,用力地拍打起来。

"你好,艾薇!"

她环顾四周,看见了我,大吃一惊。

"我忙着呢。"

我又开始讥讽地大笑。

"我可以等待。反正没事干。"

"噢,走开,奥利!除非……"

"除非怎么?"

"没怎么。"

她走回屋里。我伫立着,打量那个告示和刀刻的图案,冷笑不已。我没法停止冷笑了。

---

① 古生物,恐龙的一种,美国科罗拉多和怀俄明州发现过它的残骸化石。

约摸二十分钟之后,艾薇才又走出来,掸着裙子的前幅。我发觉她用方绸巾包扎起了头发。那条兴师动众、声名狼藉的十字架挂在棉连衫裙外。她连睬也不睬我,径直锁上门,动身向杂货坊走去,仿佛把我当成一丛灌木似的。

"你是做了一场弥撒什么的,是吗,艾薇?"

她咯咯一笑,继续前行。

"你不会明白的。"

"那么跟我走走吧。"

"不。"

"哈! 没摩托车骑是吧?"

"我一直在尽力救他!"

"你哪能救他! 你以为自己是什么? 护士吗?"

艾薇没有回答,只是神秘兮兮地一笑。她把十字架放入衣内。我看着它消失,突然下定了勇往直前的决心。

"不管怎么样,你不必去救他。他没什么。只是有点擦伤和断了几根肋骨而已。"

艾薇站住了,转过脸面向我。我也停下来。

"你说什么,奥利? 你是说他好些了?"

一阵苦涩涌上心头,我深深地感到不公平——罗伯特不用付什么代价,就得到了勇敢的名声和这一切同情。艾薇一脸可爱的欣喜,看着我,看透了我。

我说出了自己的决心。

"你该救我了。"

我瞥了一眼灌木丛中蜿蜒着伸向陡坡的小径,转回身面对着她,一本正经地点点头。

"是的,他好了。我不好。"

　　"他不会是……"

　　"我不好。"

　　艾薇又扭头朝家走。我抓住了她的手腕，就像巴伯科姆中士一样，用劲攥住不放。于是她止住步子，犹豫了一会，然后站住不动，抬头看着我。

　　"我不好。你以为你可以做任何你喜欢做的事，对不对?"我拽着她朝那条小径的入口走去。

　　"奥利! 你干什么?"

　　我继续拽着她走。灌木和矮树包围了我们。我目不旁视，拽她上了陡坡。

　　"小奥利不再是奴隶了! 小奥利从现在起要做主人了。要是鲍比好了，有意见，小奥利就会扭断他的脖子!"

　　"放开我，奥利!"

　　"也要扭断小艾薇的脖子!"

　　她惊骇地笑起来，用那只自由的手抓挠我肿胀的关节。我神经质地甩了一下。小径越来越窄，被树木从上到下遮蔽着。艾薇的手放松了，软软地吊在我的手中。她不再往后退缩，而是顺从地跟着。我哈哈大笑。

　　"这样才好!"

　　"听着，奥利。让我解释。"

　　我胸有成竹地答道:

　　"不必解释，我亲爱的小姐!"

　　"我想说的是，事情不是这样的……瞧……只要你……"

　　"到了。"

　　我打量着四周茂密的树丛。艾薇继续诉说，可我几乎一句也没听见。陡坡的边沿遮蔽了我们，从小城那儿无法看见我们。大树底下是团团簇簇的低矮植物，遍布茂密的花朵。我将艾薇从身后拉过来，两人面对面站住。

"你一直就没有听我说！"

我伸出双手围住她，以那奇异的坚决感搂紧了。她闭上眼睛，脑袋后仰。我低下头吻她。她抗拒了片刻，仅仅片刻。然后她别过脸去，咯咯地颤笑着试图躲避。出乎我的意料，那种挑煤担柴的力量此刻全然不起作用。

"放开我，奥利！我得帮我妈做事去！"

我再次搂紧她，拥着她背靠一棵大树。她的身体既坚实又柔软，我不知道下一步该怎么做。这时，原始的灵机动了，我掏出了那个坚硬而火烫的祸根，让她毫不抵抗的手抓住。艾薇的眼睛睁开了，朝下看了看。她的嘴唇歪咧，使得一个微笑变成了嘲笑，其中交织着会意、渴望和轻蔑。她的嗓音变得嘶哑，呼吸含混，胸脯开始起伏。

"就给我这个吗？"

是的，我确认了，喘息嘶哑得如她一般。于是，树林随着呼吸而旋转，随着心跳而腾跃。是的，就给你这个，就是这个。她的双腿开始放松，全身慢慢滑到我的身子底下。在一片混乱之中，我听得她对我呢喃道：

"那么你就来好了。"

随着我的心跳趋于平稳，树丛也回归平静。我平躺着，双眼半睁半闭，眼中的树冠仍是模糊一片。每一次心跳都震得它们一颤，就像在水上的倒影中投下一枚石子。我所能感觉到的只是平静，血管里、神经里和骨头里的平静，我的脑袋、深深的呼吸中的平静，我缓缓跳动的心脏里的平静。这是一种美好的平静，它感染着一切。

头上的树叶是美好的,树叶之上明朗的天空是美好的。我身下的土地是美好的,柔软如床,就连它深处未知的黑暗也是美好的。我听任脑袋垂向一边,于是看见了一只白短袜和一只咖啡色凉鞋。它们的另一半在一码之外。我转过身,一肘撑地,怀着深深的、沉着的平静,一寸一寸地审视她的脚和腿。我的目光在叉开的腿上搜索,它们松弛而柔软,白皙而优美,淡蓝的血管在上面蜿蜒。我的目光进一步搜索,沉着地扫过大腿,到达她几乎无毛的胴体。她那粉红色的花瓣四周是我危险的游戏突然中断留下的证据。目光继续前行,收入了两旁白皙的手臂,摊开的手掌,延伸到心脏跳动引起的震颤处,审视她呼吸发出的地方,发觉她的起伏比我的还快,以致两个带着粉红尖尖的平滑圆球由于坚挺而微微地弹跳抖动。

胜利的喜悦开始萌发,在我内心扩散。我笑嘻嘻地看着那件棉连衫裙,它皱巴巴地在两个腋窝之间挤成一团。我抬起下巴,看着她的脸,笑出声来。她的脑袋微微抬起,双眼在颤巍巍的画笔毛之间只露出一条缝,然而乌黑而深邃。她的嘴唇嘟得更高了,呼吸更急促,仿佛这是她发散体热的唯一方法。我坐起身子,她意味深长地扫了我一眼,然后别过脸去。

她呢喃道:

"我猜,这就算完了。"

她的乌发披散在折断纷乱的风铃草丛中。我飞快地弯下身子,亲吻了最近的那一个粉红尖尖。一阵震颤从她头上传到脚跟。我笑着又吻了另一个,然后坐回身子,拢起遮住眼睛的头发。这时我感觉到一阵疼痛,于是又抬起左手,检查起来。手腕关节不成样子了,整个地像个发酵的面团,沉重而笨拙。我试着活动一下手指,一阵剧痛直刺到手臂。

"老天! 真不知道它为什么这么痛? 先前它可不痛呀!"

艾薇抬起头检查自己。

"你这下满意了吧,是不是?"

"拿去,用我的手帕好了。"

"谢谢。"

我自以为已拥有了她,随手去摸她的乳房,却被她一掌拍开。

"别碰我!"

她一跃而起,将连衫裙拽下。展开的裙子像一架拉开的手风琴。

"瞧这些褶子,我可怎么……噢!"

她踩上那一堆黄叶,抓起我扔在那儿的她的头巾和扎口短衬裤。

"你头发上粘了树叶,还有一根小树枝。"

"瞧这些褶子!"

它们当然明确无误地示人以秘。但是我很快想到,艾薇一定处理过这种难题,至少跟罗伯特有过。我试图帮忙,重重地用手去抚她的背。她一扭身躲开了。

"别以为我就是你的了,小奥利弗!"

"我比你大呢!"

她看着我,目中无人,也无挑衅的意思,只是像一个人看一件东西似的。真是奇怪,眼睛怎么会是这么深的灰色呢? 她张了张嘴,欲言又止,继续拍打抚弄连衫裙。不管怎么说,我心想——我心中萌芽了的胜利之花此刻突然怒放了——我拥有过了这个气呼呼、娇滴滴的丽人了!

"停一停,艾薇。我来拿掉那根树枝。"

我解开她的头发,闻到了发香、土香和淡淡的压碎了的花朵的芬芳。我扔掉了树枝,拥抱起她。她在我手臂中像个闷闷不乐、了无生气的面人。

艾薇挣开了我的怀抱,在树丛中寻路走向小径。我跟了上去。她开始加快步子,急急走出树林,来到灌木夹峙的小径,跌跌撞撞地奔跑起来,只是在遇到太茂密的荆棘时才放慢步子,小心翼翼地穿行。离钱德勒巷只有几米了,我叫住了她。

"艾薇……"

她气冲冲地抬头看着我。

"什么时候我们再……"

"不知道。"

"今晚在这儿见。"

她冷冷一笑,这副歪嘴斜眼的鬼脸我已见过一次了。

"不行。"

"那么明天吧。"

"我怎么知道?"

"明天……下班之后。傍晚。"

"敢打赌吗,聪明先生?"

我牢牢地抓住她的双肩。

"明晚下班之后。我一定等着你。我们再来……"

她没有作声,只是暧昧地注视着我的胸脯。

"好不好,艾薇? 我说了'好不好'?"

手中的艾薇放松了一些。

我目送艾薇离去,她以一贯的盈盈微步,走过教区牧师住宅,走过我们那排房子,走向杂货坊。我伫立着,心怀占有的自豪,欣赏着她飞扬的短发,丰满的屁股以及一双微微摆动的玉臂。我也回家了,去面对审判。审判是严厉的,并因无声无息而更难以承受。爸爸对我表示了严重的关切,这种关切和公然的愤怒一样可怕。谁也没提被砸裂的琴板。妈妈以为我一定感到羞愧了,同时又极度担忧我的神经是否还正常。尽管她竭力掩饰,我还是一眼就看出来了。爸爸检查了我的手,在伤口上涂了碘酒,让我服了些开窍药。我自然连连道歉,说自己也不知道怎么被鬼迷住了心窍。我会修理钢琴的,要不就等我有钱了来付修理费用好了。我不会再犯这种脾气了,是的,我现在已完全平静了。我再次表示极端的后悔,可是事实上没有一件事触动我心。砸碎的琴板没有,爸爸的焦虑没有,连妈妈的眼泪也没有。

这天晚上我上了床,左掌肿胀欲裂,抽搐不已。我把它露在被子外面冷却,却发现效果并不明显。我用枕头垫起前臂,使手掌悬在脑袋上方的空中,以减少一些上涌的血液。真料不到生活能够如此不同。尽管想起伊莫锦,我的心还一如既往地刺痛,但是如今那根刺尖已被磨钝,所以痛楚也就可以容忍。我用来包容它的是对那一芳香的白皙身体的记忆。我发觉自己浮想联翩,希望伊莫锦知道我占有了艾薇。她可能见过——当然她一定知道——我们本地的这道风景是多么亮丽,这炽热的小东西,通过它我达到了深深的平静。我眼前浮现出斯城地图:东部是学院小子,西部是马场伙计,南部是一片温热性感的林带,北部是光秃秃的悬崖。从杂货坊到古桥——一条安全、有人巡视的银线。但是罗伯特骑着摩托车从旁街斜巷踩上了它。而我,则有一条更安全的路线,从杂货坊连到她奇特的木教堂。用备考教材上的话来说,我让巴伯科姆中士戴上了绿帽子。我对"给人戴绿帽子"这个俗语的意思不甚了了,不过好像是个恰当的形容。最重要的是,我回到了她的身体上,再次细致地尽情享受。我现在对它了如指掌了。我开始设计如何取得新的胜利。明天,我要以漫不经心的优雅和轻松,从一个粉红尖尖到另一个,以热吻交织起一串乐符,欢笑着欣赏我的占有物的震颤和抖动。就这样,手掌在头上一阵阵抽搐,白皙的女人身体在脑海里跳跃,我一夜辗转反侧,直到曙光初露,方才睡去。

第二天,时光从早饭时就凝滞不前,并难以忍受地延续着。天气晴热,我不知道如何打发这段等待的时光。爸妈仍然严肃而忧虑。所以我尽量表现得善解人意,为示补过,帮着收拾打扫。我问还能做些什么——比如买东西什么的。可是妈妈不为所动。然后我来到药房,问爸爸是不是要我帮他送药——这样的事情我已很久没有做过了——他只是摇了摇头。我不能出去散步,那开窍药作用强烈而有效。所以我几乎整天呆在屋子附近。同样,因为一只手肿着,我也没法弹琴。爸爸已经把琴的前盖取下,带到药房去靠在墙边,以便有空时修理。于是我现在坐在琴凳上,面对的不是音乐,而是一团乱麻。这其实并不碍事,因为我无意弹奏。我只用右手试了试我最得意的快速半音音阶。钢琴看来并没有受到太大的伤害。或者这么说,这最后的一击只不过是在已经饱经蹂躏的乐器上又加了一道伤痕而已。如今琴键居然也带上了黄色狞笑,一如那个决心不惜一切代价要看清自己所处窘境并一拼到底的家伙。

还不到诊所关门的时候,我已经迫不及待地在钱德勒巷里来回逡巡了。我沿着修剪过的婆婆纳走来走去,在我家高高的院墙根上停靠片刻。我仰望通向悬崖的斜坡,斜坡上一连串的养兔场和白桤树,以及顶上我那片性感的树林。一听到教堂的钟敲响了正点,我的心怦怦地激动起来:艾薇下班了。但是艾薇没有来。我等待着,怒火渐渐上升——几乎走到了杂货坊都没有见到艾薇。我来来回回地在我的银线上巡逻,无法离开它。渐渐地我意识到已无退路,只有苦等。如果必要,我将等到白天过尽,等到长夜来临,等到地老天荒——只要有一线哪怕是最渺茫的希望……

就在我开始觉得这希望真是渺茫的时候,她来了。她又成了我们的风景,比先前更容光焕发。她快步走着,脸上笑着,嘴唇张着。我知道她是因为见到我而兴高采烈的,因为当我扬手招呼她时,她咯咯地笑了起来,甩了一下乌发,加快脚步跑了起来。她的香气随之而来。

"你好,艾薇!怎么这么晚才来!"

"我在上课。"

"上课?"

"是的,秘书课。"

"噢,老韦莫特……"

艾薇咯咯地笑着,转向通往我们树丛的狭窄小径,不带一丝勉强。她回头眼波一闪——"一灿"可能是更准确的词——我跟上一步。

"速——速记。"

"'肺炎'怎么拼写?"

艾薇放声大笑,纵步轻盈地奔了开去,直到上坡处方止。

"没有的事!"

丛生的灌木林围了上来。一缕风儿在她的连衫裙和我之间的树叶中升腾而起,一团忍冬花的香雾包裹了她和我。我在她身后择路跟上,越跟越紧。

"怎么叫'没有的事'?"

"没有医学名词。噢……"

她又笑出声来。

"他拣起什么书就教什么。"

荆棘丛阻缓了我们的步伐。我的鼻子离她的秀发只有几寸。我不知道闻着的是潜伏在四周的灌木丛中的夏天的怂恿气息,还是她的体香。不管我是否闻到她的身体，我都能看见她薄薄的蓝白棉布下面身体的移动。我的身体勃动起来。我抓住她的双臂，拧过她的身子，狠狠地吻去。她别过嘴去，咯咯地笑了。

"不，不，不！"

她推开我，咯咯地笑着，眼波潋滟，香喘吁吁，钻入小径向上跑去。

"他说，要是我再不进步，他就要打我了！"

想象着韦莫特上尉移出电动轮椅，像只狼一样的狞笑模样，我哈哈大笑。

"只要他能够抓住你……'冲啊！'"

"他说我会喜欢的。"

"这个老鬼！你应当告诉你爸爸！"

艾薇也笑了，只是音调比我的尖锐。我们钻出了小径，来到林中。我笑着抓艾薇。她调皮地挣脱了，隐入灌木丛。

"艾薇，你在哪里？"

寂然无声，只有小城的喧闹从我们下方的山谷传来。我磕磕碰碰地拨开灌木寻去，她正等着我呢，满面通红，容光焕发。我上前搂她，她用双手推阻。

"不，不，不！"

铛啷啷！城里清晰地传来铜铃的铿锵和沙哑的呼喊。

"嗨呀！嗨呀！嗨呀！"

艾薇屏住了呼吸。就在我的眼前，两粒钮扣般的圆点在她胸脯上的薄布衫下挺然凸起。她扑向我，双手胡乱摸着，两眼紧闭。

"要了我吧，奥利！赶快！要了我！"

一转眼，她躺倒在鲜花丛中，布衫皱成一团，眼皮在颤动，脸上的笑容变成了痉挛……

"弄痛我,奥利,弄痛我……"

我不知道怎么弄痛她。当我以少年的热切骑上这匹急躁的小马,立刻就被她身体的波浪起伏和收缩伸展弄得晕头转向。她不肯呼应任何急促的韵律,只以悠长而深沉的海洋般的潮涌使置身其中的她的男人,她的孩子,犹如一个玩物,仅此而已。伴随着这柔若无骨的女人的一阵阵的深沉潮涌的,是她转动不已的脑袋、紧闭的双眼、紧皱的前额——仿佛她踏上了一段痛苦的旅程,正全神贯注地奔向黑暗、充满危险而又邪恶遥远的终点。我犹如一条小船,落在汪洋之中。这汪洋本身是一个呜咽不息的隐秘所在,并满怀着轻蔑和仇恨。对它来说,一个对手是必要的,但并不受欢迎。我失去了控制,我的小船被浪涛席卷,顿时为她所掌握,驶向礁石。一声长啸,响亮而痛苦,我粉身碎骨,船沉了……

树林回归平静。唯一的声音似乎来自我心脏的跳动。鲜花停止了摇摆,静止而冷漠,好像画中之物。我飞快地离开了她,独自躺下,脑袋埋在落叶中。冷静的理智开始苏醒,渐渐地转变为更糟的东西。我听见她摇摇晃晃地起身整理衣衫。我跪立起来,看着她,但是她视若不见,转身走向小径。我跑过去拦住她。

"艾薇!"

她蹒跚着绕道穿过灌木丛。我追上去抓住她的胳膊。

"该死的,艾薇!"

于是我们面对面站住,我高喊,她尖叫,争辩着这是谁的过错,为什么和怎么会发生的,仿佛这么一闹就可以拖延时光、回避现实似的。然后,跟开始一样突兀,我们又都一下子哑然无语了。不可改变的事实成为冷酷无言的威胁。

艾薇转身在树丛中寻路走向悬崖边缘,好像需要空气似的。我跟上去,可怜兮兮地竭力不发出一点声息。我咳了一声,低低说道,

"你觉得你会有……?"

她不耐烦地摇摇头,夸张地用力抚平衣衫上的皱纹。

"我怎么知道?"

"我以为……"

"你只有等着瞧了,像我一样,好不好?"

她看着我,一脸扭曲的怪笑。

"你以为你可以只取不付,是不是?"

我回敬了一眼,牙齿紧咬,心中仇恨所有的女性。好像能看见我的心思似的,她对我咕哝道:

"我恨男人。"

一阵轻轻的铜铃声从山谷传来。我们俩都扭头寻去。巴伯科姆中士到达了他的第二站。透过桤木林的间隙,我甚至看见了他,古桥顶上一个红蓝小点。艾薇的目光从他身上转开。她站在我前面偏右处,双手抱胸,双腿叉立,脑袋低垂。她不是本地的风景了。她站得像个洗衣妇。缓缓地,她搜索着小城,从教堂到古桥,从钱德勒巷横跃到对面通向树林的斜坡。她终于又开口说话,声调冷酷,正是杂货坊深处衣衫褴褛的孩子们所有的那种,嘶哑而苦涩。

"我恨这个小城……我恨它!恨它!恨它!"

我朝下俯瞰,目光越过那一串棕色的养兔场,沿着绿色的斜坡,直到城中。我审视我家后院高墙下的园子,那一小块草地,浴室的窗户。越过道利什小姐家的屋顶,听见汽车干巴巴的喇叭声。在那儿,我的深重罪孽将要受到审判。我从桤树下收回目光。艾薇转向我,冷笑道:

"别担心。这么远没人能够认出你来。"

"艾薇……我们该怎么办呢?"

"没什么可办的。"

"你能不能……"

我隐约地知道这里头牵涉到生物机制,无法可想。我沮丧地冲自己吹了个口哨,朝后梳理一下头发。

"什么时候你能知道?"

"下个星期一或星期二……大概吧。"

她转过身,背朝小城,钻进小径。我跟了上去。两人谁都一言不发。傍晚的天空仍然明朗,依旧温热。大概是面对着她的脊背的缘故——她的身子是那样苗条,她裸露的手臂是那样细弱,我突然意识到,身为一个女子是多么可怕的一件事。

"艾薇……"

她停下,但没有转身。

"振作起来。也许不会有的。"

她呜咽了一声,沿着小径奔跑起来。我心事重重,跟得更慢了。等我出了小径来到钱德勒巷,她离我已有三十来码远。她重又恢复了微步,沉着而镇静,直奔家门。

回家的路上,我面对前途,心事重重,沮丧不堪。我记起了牛津,心中大痛。要是……要是……她有了孩子,那就意味着跟牛津再见了。我似乎听见了砖块和灰泥中发出的低语和窃笑。十八岁出了中学校门就结婚。没办法。要不然就付七镑六便士一星期——赡养费。我知道七镑六。它是我们一提到就会窃笑的词语之一,就像月经啦、大肚子啦那一类词一样。

"也许不会有的!"

这时,父母亲进入我的思绪,给我狠狠的一击。我爸是如此善良、木讷而又单纯;我妈尽管尖酸,却是那样爱护我、以我为荣——这件事会要了他们的命!跟巴伯科姆中士家沾上边,尽管只是婚娶,也是不可想象的!我看见他们那个微妙地平衡、小心地维持、拼命地防卫着的社交圈子因此而破碎,被冲入阴沟。我会把他们从社会等级的阶梯上拖下几步,即便仅仅是几步,却也是无法攀登,而总是轻易就会滑落的几步。我会要了他们的命!

我企图悄悄溜上楼去,但是没成。

"奥利弗! 是你吗,亲爱的?"

"是我,妈。"

"赶快来吃晚饭。"

我走进饭厅。他们俩都坐在桌旁。我看着冷火腿,没有一点胃口。早已忘记吃饭这回事了。

"算了。"

"胡说!"妈目光灼灼地看着我说。"像你这么个正在发育的小伙子! 坐下,好孩子。另外,你爸有话要跟你说呢。"

我顺从地坐下,瞪着盘中的火腿片。

"他爸,你还等什么? 告诉他!"

爸爸结束了咀嚼,双眼若有所思,灰色的海象似的髭尖缓缓地上下移动,然后朝我慢慢地转过光秃秃的脑袋。

"是钢琴的事,奥利。"

"我说过对不起了。"

"那已经过去了。"我妈欢笑着说。"差不多,差不多完了。听着!"

"我们一直在想。修理要花很长时间。胶水要等着干等等。就是你的那只手也得好几个星期弹不了呢,我猜想。"

"快说,他爸! 你老是这么吞吞吐吐的!"

"再说你读书这么用功,还一直没有好好赏你。所以我们,你妈和我,要把琴送到巴切斯特去修理、调整。两件事一块办。钱是紧了点,当然啦……是不是,他妈?"

"钱一直是紧的……钱嘛!"

"不过我已经准备了一点,我觉得差不多……"

"要是你的手好得早,可以先拉小提琴。奥利弗,你在爱上钢琴之前不是很爱拉它的嘛!"

"那样,从牛津回来度假,你就会有一件合适的乐器玩了。"

他转过头去,继续吃饭。

"当然了,"妈妈说。"那不会是一架 BBC① 钢琴,你知道。"

"不过总比现在的好。"我爸说。"他们手艺很高。不管怎么说这不是木骨架的琴。木骨架总要变形。我不知道人们为什么还用木头。"

"他们恐怕还能把琴键漂白了呢。"

"木骨的琴总是会变形的。气候关系嘛。"

"我们不需要烛台了。叫他们取下来好了。"

"铁骨的琴才稳固。我们的就是铁骨的。"

"怎么了,亲爱的? 得啦! 那件事不是过去了嘛!"

"沉住气,孩子!"

"这是血在作怪,他爸。"

"让我们看看你的舌苔,孩子。"

"别烦他了。吃点火腿,奥利弗。这对你有好处。"

爸爸沉重地站起身,缓慢地走向药房。

"嗨,你这个大孩子,"妈妈温柔地说。"我知道这是怎么回事,亲爱的。长大成人是个困难的过程,即使对男孩也一样。是血在作怪。一切都在沸腾。现在吃点火腿吧,亲爱的,你会觉得舒服很多、很多的。噢,我想起来了——你一定想不到,奥利。我们真的很以

① 英国广播公司的缩写。

你为荣，亲爱的，只是老挂在嘴上并不好。这儿是芥末。"

爸爸默默地回来，放了一个小玻璃杯在我的盘子边上。里面是更多的开窍药。

日复一日，时光慢慢流逝。巴伯科姆太太照旧在五十码之外就向我侧身鞠躬。艾薇却不再在那条老路上漫步了。我仍到钱德勒巷等待，希望却一次比一次渺茫。有时候我可以听见她在挂号室打字，有时候看见她匆匆地离开诊所回家。仅此而已。艾薇在躲着我。星期一到了，星期二和星期三也过去了，可是她没有任何表示。我的心情从恐惧转变成持续的担忧。我的梦境有了新的畏惧对象，而且反复重现。我梦见自己在斯城漫游，但是被判了死刑。父母也在梦中——事实上全斯城的人都在，而且一致赞成死刑，因为我的罪行是不可饶恕的，虽然那罪行梦中模糊不清。醒来发觉是梦，我不由得大为放心，然后就想起了艾薇。

一个星期之后我又见到了艾薇，尽管没法说话。我是在浴室里，偶然看见艾薇跟埃温医生的合伙人，那个瘦长而丑陋的琼斯医生一起，在埃温家两块草地中大的那一块上来来回回散步。我立即急切地盯着她细看，仿佛我有一双 X 光眼睛似的。可是我看不出她有任何变化。真的，如果有的话，那是她更像从前那样了——走动时只是膝盖以下移动，纷乱的眼睫毛扑闪扑闪，嘴巴张开，唇带神秘的微笑，娇喘吁吁。我既愤慨又欣慰。无疑她一切正常——假如她是正常的——可是丑陋的琼斯医生举止怪异。他的双手倒扣在细瘦的背后，双膝老是扭向一边以免碰到她，偏头垂目，嘻嘻地笑着。他看上去哪像个医生，我想，更像一个傻老帽儿——他肯定有四十了。

这时我想起来，不管他看上去像什么，他总是一个医生。我知道姑娘们为什么约见医生。我看着这快乐的一对走回屋去,仿佛他们先前是戈耳工①似的。有一点很清楚。我必须见她。可是我没有理由去挂号室,除非我有严重的症状,如断了胳膊或出了红疹什么的,否则任何看病的请求都会让我爸给我更多的开窍药,或者鉴于先前那两剂药明显的功效,给换成闭窍药。连我的左手也已痊愈得柔软自如了,仿佛砸碎一块琴板也只不过像是弹一个古怪的最强音,不足为奇。我闷闷不乐,焦虑不已,检查了一遍,发现自己健康得很,这是毫无疑问的。更何况我对医生深怀敬意。这有点奇怪,考虑到我跟医生住得这么近;然而我又没来由地害怕他们化验,仿佛埃温医生看了我的试样就会知道我马上要做父亲了。可是我非得见到她不可,于是大声地叫喊振作自己的勇气。我跑到卧室,从床边的书架上取了本书,下楼直奔药房。爸爸正从圆镜片后盯着看一张处方。

"巴伯科姆小姐的书。"我随随便便地说道。"我自己送进去好了,省得……"

我是过虑了。爸爸继续看着药方,无意识地嘟哝了一句,右手去摸索调药匙。我沿着过道走去,打开通向挂号室的门。琼斯医生从艾薇身边一跃而起,好像被她戳了一针似的,嘴上可见淡淡的一抹唇膏印痕。他瞪了我一眼,松了口气——"噢,是你!"

这时外门"砰"的一声被撞开,大胖子邓斯太太滚了进来。尽管身子臃肿,气喘吁吁,她还是尽可能地大喊大叫。她双手抱着满脸通红、不住抽搐的小达格尔。琼斯医生神情一变,发号施令起来。

---

① 希腊神话中的三个蛇发女怪之一,人一见其貌就化成石头。又以此喻丑陋可怕的女人。

"邓斯太太请冷静！小孩给我。巴伯科姆小姐——你来帮忙。"

他们四个人，或者是五个，统统拥进诊疗室去了，扔下我孤零零地站在门边，举着那本斯蒂威尔小姐的《田园喜剧》①。我转身走开，依旧为自己是不是成了候补父亲而痛苦不安。穿过药房，爸爸还是一言不发，缓慢而绝对稳重地工作着。

于是，我又回到监视、祈祷和巡逻构成的生活。不管妈妈怎么诱导，我对食物还是一点胃口也没有。然后，在一个星期日的早晨我又见到了艾薇。那时我正闷闷不乐地站在钱德勒巷埃温家院子的墙根下。此前我已经在巷子的另一端那间木头教堂附近徘徊了一阵，怕他们可能真的举行弥撒。不过那地方关着门，静悄悄的。我也朝另一个方向走进教区牧师大院墙根，走过那片有婆婆纳属植物围篱的小屋，直走到足以被杂货坊人看到的地方才止步。我在那儿逗留了一会，希望能看见她出门来到坊口。可最终我还是拖着脚回来，垂头丧气地唠叨咒骂，斜靠在埃温家粗糙的砖墙上。接下来，我瞥见飞扬的一片裙裾出现在长长的转角上，立刻知道是她，因为那是她的棉连衫裙，白底上点缀着浅蓝的小碎花。我从墙边一跃而起，快步朝她走去。她今天不是微步，而是走得跟我一样快，秀发飘扬，衣衫当风，凸挺出胸脯和臀部，一个膝头赶过另一个膝头。我迎了上去，抓住她的双手。

"艾薇……告诉我！"

她仰起绷着的脸瞪我，好像我是她的仇敌。她精心地化过浓妆。密集的睫毛梳理之后又用什么黑黑的东西粘在了一起，成为薄片。眼睛四周蓝蓝的，嘴唇涂得界限分明，看上去好像剪出来的两

---

① 伊迪丝·斯蒂威尔(1887—1964)，英国女诗人，诗集《田园喜剧》发表于1923年。

片红纸。

"别缠我,小奥利。我不会再见你了。"

她扭我抓她的双手,但是没能移动一分。我急急地低语道:

"你有了孩子吗?"

"噢,就知道问这个!"

我摇撼着她。

"孩子! 你会……"

她挣脱出来,站定了,恶狠狠地盯着我。

"你真的想知道,是不是?"

"我必须知道!"

她烦躁地甩了甩短发,准备离开。我伸开双臂拦住她。她猫下腰想钻过去,没成功,便朝旁边通向山顶树丛的小径跑去。等她看清了身在何处,转身想走时,我堵住了出口。她急急地沿着小径往上快跑,想甩掉我。但是我紧追不舍。我抓住她的裸臂,扭转她的身子。

"艾薇!"

她转过头去朝着灌木丛,吐了一口。

"听着,艾薇……你是怎么啦!"

她挺直身子,从乌黑扑闪的薄片之下扫了我一眼。

"吞下了一只苍蝇。"

"最后问你一句。你有了孩子没有?"

"没有。我没有。要是我有了你也不会在乎的。谁也不会。"

"感谢上帝!"

她夸张地模仿着我。

"感谢上帝,感谢上帝,感谢上帝!"

她蹒跚着走上小径,噼噼啪啪将灌木用力拨开,也不管荆棘刺手,摇摇摆摆,见空就钻。我小跑着跟上她。巨大的欣喜和安宁在我心中爆发。我跑得更欢了,离既无力又蹒跚着的她只有一码远。她边跑边说,因此话语也随着上下颠簸。

"我就是死了你也不会在乎。没有人会在乎! 你所要的只不过是我该死的身体,不是我! 没有人要我,要的只是我该死的身体。我该死,你也该死! 因为你的鸡巴,你的聪明,你的化学……只要我的身体……"

我们冲出灌木丛,来到阳光灿烂的林中空地。我放声大笑,因为喜悦,因为自由。我再次扭转了她的身子,要让她分享我的喜悦和自由,要让所有的人分享。我一手揽着她的腰,身子紧贴着她圆鼓鼓的乳房,我捧起她的脸亲吻。她苦着脸,转向一边,像只小猫似的吐了一口。

"得了,艾薇宝贝儿! 打起精神! 笑一笑,小巴伯科姆!"

作为回答,她瘫软在我身上,双手吊着我的肩膀,脑袋斜垂在我胸前。她一边诉说,一边又是呜咽,又是啜泣。

"你从来不爱我,谁也没有爱过我! 我要人爱我,要人善待我……我要……"她要真正的爱情,我也一样,但不会是她的。她跟爱情中应有的幻想、崇拜、绝望的妒嫉沾不上边。她是一件唾手可得的东西。我笑嘻嘻地等待着这一阵阵夏天的雷鸣电闪、暴风骤雨渐渐消失,以便我们能重新理智地交谈。不管怎样,她总是个姑娘,一件奇妙而有用、令人心动的东西。不出所料,过了一会儿,她的啜泣停止了。我期待她那嫣然神秘的笑容经我稍一挑逗就会再现。可事实不然。她缓缓地推开我,甩了甩头发,慢慢地穿过灌木丛,来到俯瞰兔场的桤木林中,用手绢揩抹眼睛和鼻子。她躺在树荫下,一肘撑地,透过绿叶,忧郁地眺望着斯城。片刻之后,我趋前跪在她身后,喜洋洋地像只面对花朵的蜜蜂。我抚摸着她的裸臂,她挥手一扫,就像拂去一只苍蝇。我哈哈地笑着,以拉伯雷式①的姿态撩起她的裙子,咯咯地笑着抓住了她短衬裤的宽紧带。一感觉到我的手,她猛地向上一挣,短裤便脱到了膝盖。她像触电般地一震,拉上短裤,扭过头来瞪着我,浓妆之下是一张死尸般苍白的脸。

世上有些事不需要研究,不需要学习,也不需要在记忆中反复追寻。它们会自己燃烧着进入视野,可以让你看到最精微的细节。此外,它们的本性中就带着无法掩盖的答案——因为我们甚至不可能不让思想在宇宙间留下印记。此刻我跪在那里,凝视着她,见到的却不是她而只是启示,零碎片段终于自然而不可避免地汇成一幅完整的画面:

韦莫特上尉!脸带野狼般的狞笑的、满身弹片的韦莫特上尉!冲啊!韦莫特上尉,一个好邻居,一个追寻被炸弹轰走了的青春的老头,一个全心全意奉献给一个天才学生的教师!

她曾跪在他的脚下,这是显而易见的;而他,大约从轮椅上下来坐在了椅子上,俯身在她低垂的头上,用右手挥舞着鞭子,在她身上抽出红红的鞭痕,或许还呼应着那深长的海潮般起伏的节拍。然后他累了——因为他,这个残破不全、浑身流脓的怪物毕竟是虚弱的——于是改用左手,无力地在那些旧鞭痕上印上新鞭痕。

我不知道自己视而不见地凝视着她又有多久。两个人都默默无语,一动不动。我十八岁,她也一样。我想我发出的第一个响动是类似于笑的声音,一种因绝对不能相信而发出的笑。然后我又能看见她了,看见她的眼睛和嘴巴贴在一张苍白的脸上,看见她身后模糊不清的斯城。我又放声大笑起来,笑自己无力理解,昏乱迷惑,

---

① F·拉伯雷(1483?—1553),法国小说家,《巨人传》的作者,文艺复兴时期重要的人文主义代表。拉伯雷式(Rabelaisian)暗示粗野、直率。

仿佛我或是别人走过了一片空白，一种虚无，那儿不仅是无章可循，简直就是完全的非现实——人生的一个片段。

艾薇的目光留在我脸上，从静静的睫毛片下，从脑袋的深处注视着我。她举起一只手到头发上，面无表情地干笑了一声，然后复归沉默，但仍然眼对着眼看着我，血液渐渐涌上脸庞。这不是普通的激动的鲜红、兴奋的赤红、充溢的涨红。它绷紧了闪光的皮肤，充胀了脸庞使之僵硬，似乎也使她嘴巴张开。她的嗓音嘶哑，语调强辩，然而又是勉勉强强，一如她的红脸。

"我那时是可怜他。"

我移开了目光，转眼去看小城。桤木林荫的反衬使小城显得格外明亮，五彩缤纷，和平安宁。我看到我家的院墙，浴室的窗口，小花园——那儿有我的父母，肩并肩地站在草坪上。我看得见爸站着，俯视着花床，而妈弯着腰，手腕灵巧地在花丛中采摘。他们离得太远，我其实分辨不出谁是谁。但是从他们的身影、动作，我知道爸是那团深灰，我妈是那团浅灰。突然之间，我有一种强烈的恍如隔世的感觉。他们和伊莫锦漂亮地身处于那幅色彩斑斓的图画中。而这儿，这件东西，却身处于一块充满腐朽的气息、纷乱的骨殖和大自然的残酷的土地——生活的厕所。

这件东西仍然凝视着我，脸又恢复苍白。我们俩是如此安静、如此沉默，以致一只乌鸫飞来在腐殖层上啄食。它只有一条腿，勉强地歪着尾巴保持平衡。

艾薇跪起身来，乌鸫扑喇喇飞走了。

"奥利……"

"嗯？"

"你不会……"

"不会怎么？"

她双手支地,垂头看着地下。片刻之后又抬起眼来,咬着下嘴唇,于是门牙两边各露出一点猩红。

"我愿意做任何事。任何你想要的事。"

我的心"咚"地沉了一下,身体激动起来。他们,那两团灰影,就在底下;而她,生活中必不可少却无法形容的东西,在这儿。我惊奇地看着我的奴隶。

"多久?我是说……什么时候开始的?"

"我十五岁的时候……"

真难以置信,一抹淡笑隐在浓妆下,一抹淡笑浮在苍白的脸颊上,仿佛她回忆起什么既令人羞惭又令人回味的事情。

"……断断续续。"

我伸出了双手,但是她缩回了身子。

"不,今天不……我……我不能!"

她小心地站起来。我坚定地对她说。

"那么明天,诊所关门之后,我等你。在这儿。"

她定了定神,振作起来,又变回了原先的那个艾薇,甚至设法散发出了一缕香气,咧嘴一笑。然后她走入灌木丛中,消失了。

我在原地不动,为植物和各种气息所包围,眺望着斯城,那张挂在某种墙上镶了框的画图。

晚饭时妈宣布了一项计划。

"你可以自己去倒茶,是不是,他爸?给你和奥利?要不奥利可以……"

爸抬起了头。

"怎么?为什么?什么时候?"

妈的眼镜熠熠闪光。

"你看！你们俩谁也没有听我说，一个字也没听见！"

爸顺从地摆出了洗耳恭听的样子。

"好了，他妈。我正在想事。是了，怎么回事？"

"他的心在十里之外呢！我不得不说……"

"到底是什么事，孩子他妈？"

"我说过了，"她庄严地宣布。"我要去巴切斯特。星期天。"

爸揉了揉脑瓜，在脑海里找出了巴切斯特。

"噢。"

"我要赶一点钟的那班汽车。婚礼三点才开始。"

"婚礼？"

爸在回想各种婚礼。

"谁的婚礼？"

妈砰的一声放下茶杯。显然今天是一个凶日。

"还有谁的婚礼？教皇的吗？当然是伊莫锦·格兰特利的啦！"

我晕了片刻，方才又听得见他们的说话。妈的长篇大论到了结尾。

"我要在卡迪娜喝茶。"

"是的，那是最好的一家。"

"你知道什么，他爸？你从来没去过！然后我或许去看场电影。"

"斯城也有一家电影院，他妈。"爸说，急切地想讨好。"不过不知道在演什么片子。"

"你不知道的事多着呢！"妈尖刻地说。"就在你鼻子底下的事，有些你也不知道。"

爸息事宁人地点点头。

"我知道。大概奥利弗愿意……"

"他!"妈指着我就像指着一个令人讨厌的澳大利亚佬似的。"他会在乡下到处闲逛,我敢断定。"

有一阵子我们三个人都一言不发。我听见妈的鞋子敲打着桌腿。

"这就是说,我一个也不要你们男子汉陪……"

敲击停止了。她顿了顿,然后说出深思后的总结:"因为我知道,那样不会有好结果。"

我和爸爸都看着自己的盘子,因各自的原因而一声不吭。

直到第二天喝下午茶的时候,我妈还是闷闷不乐。我呢,心中有鬼,所以妈打破沉默的时候,我简直心胆俱裂。

"那个姑娘在药房呆了好久,他爸!"

"是的。是的。她是呆了很久。"

"嗯,我希望你给了她一些教导。早该有人这么做了!"

爸捋了捋灰胡子,严肃地点点头。人们有时候去征求他的意见,我以为这是因为他看上去比埃温医生更像个医生,却没有埃温医生那种本郡绅士的令人敬畏的派头。人们可以对我爸倾诉,他们这么说;事实也的确如此,因为他极少答话。他会反复咀嚼一个念头,直到咂出最后一丝滋味,看上去却是在倾听人们的喋喋不休。这使人们对他的明智有坚不可摧的信念。因为他和蔼可亲,善良忠厚,有条有理,不慌不忙,他恐怕也确实是明智的。身为他的儿子,我反而难以客观地评价他。

"那么她要干什么呢,他爸?"

我那玩世不恭的心态一时被领悟的喜悦取代,仿佛看见我爸给了艾薇一些开窍药。但是他只是瞪着茶壶,缩拢了嘴唇。我等待着。

"她对男人评价……不好。"

我内心斗争着：如果问一声这个姑娘是谁,会不会传达出我的漠不关心？最后还是觉得不问为妙。我妈却两眼放光、意味深长地点头道：

"这对我来说可一点不奇怪！一点也不吃惊！"

"'畜生',"爸说。"'男人都是畜生'。这就是她说的。"

"是吧,"妈说。"她这样的女孩子还能说出什么好话来？男人是那种你……"

我一口茶喷得满桌都是。这点意外正好大大缓和了气氛。我希望等我的背被捶了几下之后,话题就会转变。可是我错了。妈妈的坏情绪奇怪地延长了,不满足这么三言两语,而爸只有顺从。

82

"再说下去,他爸。你是怎么说的?"

爸抹了抹胡子,伸手越过光头,扶正了眼镜,重又瞪着茶壶。我可以听见妈的脚又开始敲击。

"我说了'不是'。"

敲击继续着,爸听见了。他详述下去：

"我说他们不全是。我说……我就不是！我说我们的奥利……"

敲击停止了。爸侧过脸,镜片朝我闪闪烁烁。

"我说他当然有他的毛病,不少的毛病,但他不是个畜生。"

随后是片刻的沉寂。妈直直地看着他,不动声色地说：

"她怎么说?"

爸转回头去,看着盘子,含糊地回答：

"你知道是怎么回事,他妈。我得想想,他们……我记不得了。"

妈站起身,提着茶壶进了厨房,把门砰的一声关上。又是一阵沉寂,然后爸温柔地对我说:

"你瞧,都是这婚礼搅的。等她从婚礼上回来,她就会……好一点吧。"

到了诊所关门的时候,我已等在那片树林里了。艾薇姗姗来迟,总算没有失约,还是那一套打扮,袅袅婷婷地从小径走来。意识到她的新身份。我已经在我狂热而淫荡的想象中把她描画成谦卑、渴欲并意识到自己的新身份的人了。但是艾薇笑盈盈的,如果有什么不同的话,那就是添了几分得意。她又神采焕发,走过我身边,沉着地穿过灌木丛和桤木林,在养兔场顶上裸露的岩石丛中坐下。我逗留在原地,目光在她跟小城之间来回逡巡。

"回到这儿来,艾薇!"

她摇了摇秀发,香雾飘逸而出。她在阳光中躺下,大展双臂,并拢着伸出双腿,连衫裙变了样子。她对着天空大笑。

"得了,艾薇!"

她又摇摇头,调皮地吐出一串银铃似的笑声。我走过去,蹲在她身旁。

"嗨……怎么啦?"

艾薇的全身都动起来,眼波朝我流转,睫毛扑闪扑闪。她低沉了下巴,继续伸展,以致上半身悬在了半空。我屏住了呼吸。其中有香。

"我们到树丛中去——好好玩玩!"

艾薇闭上眼睛,全身瘫软。她这样躺着,笑意全失。

"就这儿,除此哪儿也不去。"

"可是……那儿就是小城!"

"那又怎么样……聪明先生!"

我又是哄骗,又是喝令,又是恳求。艾薇不为所动。她无精打采地躺着,一脸不欢,伸手伸脚,总是用同一句话回答我。

"就这儿,除此哪儿也不去!"

最后我沉默了,怒气冲冲地瞪着棕色的大地和干了的兔屎蛋蛋。艾薇站起身,摘扯粘在衣衫上的杂物。

"艾薇……明天……"

明天是伊莫锦举行婚礼的日子。我早想好了我所需要的:一帖膏药把对婚礼的牵挂牢牢捂住。

"下午,还在这儿。"

艾薇歪着头朝我笑笑。

"没错,奥利。为什么不呢?"

说完她走了,自信而坚定,有如一颗成熟的坚果。

直到晚饭的时候,我才明白其中的奥妙。为了好让妈赶上去巴切斯特的汽车,我们三人提早坐上了餐桌。妈这会儿和蔼可亲,兴致勃勃,嘴里一有空便说个不停。

"……你不用再为那个女孩子担心啦,他爸。她要走了!"

"噢?"

"到阿克顿她姑姑家去。已经给她在那儿的厂里找了份工作。听说他们进口木材。也是件好事情!"

"好事情?"

"我是指,对她来说。"

爸咀嚼着,沉默地凝视前方,然后又拧起眉头,摇摇脑袋。

"伦敦。我不知道。远得很。一个年轻姑娘……"

他继续咀嚼,好像预告不祥似的摇着头,仿佛面对一队望不到尾的女孩正从伦敦大桥上往水里跳。

"胡说,他爸!"妈眨着眼笑着说。"她是去跟姑姑一块住!"

爸变摇头为点头,一边缓缓地咀嚼,嚼了三十二下,也许是六十四下吧。妈停止了嬉笑和眨眼,瞪着墙壁。她再开口时仿佛换了个人,用上了她平常宣布她的烦恼、她神奇的洞察力或直觉的那种口吻,直截了当。不同的是她现在得意洋洋,甚至喜气洋洋。

"只要她当心,她会过得很快乐!"

我怀着一腔无明火,洗了餐具,然后走出门,穿过斯城,背离那座悬崖。我钻入那片性感的树林,又转出树林到了原野。人们都说在彭特里山的峰顶可以看见巴切斯特大教堂的塔尖。我绕着山峰走了一圈,然后爬上去。可是映入眼帘的只是一片湛蓝的辽阔。我转过身,怒气冲冲地从悬崖一直寻视到我们那片毛茸茸的树丛。在棕色的养兔场上方有一个小小的白点。

不可能! 怎么可能!

我从科克尔斯下去,走过赛马场,穿过里特农庄的田地,再往上攀行。白点还在那儿,半个郡之外就能看见。我沿着崖脚跌跌撞撞地奔跑,跑过安斯达克、巴罗斯,翻过"铁门"和"魔鬼洞",通通通地来到那块树丛。汗水在脸上流淌,头发粘成一团。这时城里教堂的钟敲响了三点。

"艾薇!"

我在她身边倒了下来,心脏贴着大地扑通扑通地跳动。她直坐着,双腿交叉,双手分支在两边地上。斯城以及整个郡都在她身后颤动,仿佛它们也一直在奔跑似的。

"艾薇,求求你了!"

"就这儿,除此哪儿也不去!"

我感觉到斯城的眼睛盯着我的脊背,但是他们遥远得很,他们戴着眼镜,而我们只是两个不可辨识的小点。是莫名其妙的恐惧和羞惭之手拦阻了我,并不是真正的手。艾薇明白这一点,歪着头得意洋洋地笑着,所以当我伸出一手搂住她的腰、一手捂住她的乳房、狂烈地用嘴堵住了她恐惧的叫喊时,连我也相信她真的大吃一惊,吓了一跳。她既不抗拒,也不迎合。事后,当我脸朝下大口大口地喘气时,她红着脸,默然无语,羞愧地离去了。

我停留在原地,过了很久才撑起身朝下望去,竭力追随那个孤零零的身影——它忽隐忽现地移动着,几乎走出了视野。我站起来,弯着身子走出桤木林,直到钱德勒巷才挺起腰。我像个小偷似的打开前门,心中斗争着是不是该将小提琴取出来,奏一曲我妈那么令人惊讶地鼓励我练习的吉卜赛乐曲。我想我得先轻轻地,然后渐渐地提高音量,这样爸或许就不知道我是什么时候回来的——甚至根本就不知道我出去过!但是我需要一种更迫切的安全感,于是直奔药房,故作随便地走进去。爸正站在靠窗的长工作台边。窗的上半部面向那片树丛。他还没有将他的双筒望远镜放回挂在门背后的皮匣中去。它就竖在他身边的工作台上,尽管旧了,效力不减。我在脑子里简单地运算了一下。这是十倍的望远镜。六百码除以十是六十码。

他面前的工作台上有本书。他缓缓地合上书,转过身,走过我身边,看也没看一眼。他从衣架上取下白色工作服,穿上,同样缓缓地走回工作台,从铁丝文件筐里取出一张处方,凑近看了看,抬头在一堆小瓶中找了找,目光又落到纸上,低下了头。蓦地,他团起了手中的纸片,膝盖抵住了工作台。万籁无声。

最后他挺起身子,小心地展平了处方,取下一只小瓶。我立刻意识到下一步会是什么,感觉到它正在发生,不可遏止恰如性欲。我在我的颤抖中,在伊莫锦、艾薇、钢琴、罗伯特和我妈这一串迷乱中,在我的意志和发烫的双眼激烈而无结果的交战中感觉到了它。

我气喘吁吁,艰难地咒出声来。

"该死!该死!该死!噢……真该死!"

狂怒、沉痛、无助,泪水不是滴下,而是喷涌而出,撒在鞋上、工作台上、手上……

"该死!该死!真该死!"

我抬起头,攥紧了手,眼中的窗户亮闪闪地扭曲着,心中的悲愤喷涌而出,流淌,流淌……

"该死!噢……该死!"

爸的脑袋像个拨浪鼓似的摇来摇去,仿佛被橡皮筋牵引着似的,而他好像只是一只动物,并不知道自己是如何被拴住的。

"我必须知道,孩子……必须知道。看过了她……"他放下药瓶,瞥了眼窗户,然后看了看双手,举起一只摸了摸光头。"笑啊,笑啊。歇斯底里,我想。笑了又笑……也许是冷笑吧。"

我愣在原地,平静了下来,悲惨、邪恶和失败的感觉交织在心头,恨不得找一个可以隐藏的角落躲起来,再也不要见人。爸咳了一声,继续说下去,声音出奇地坚定,坚定得变了调。

"年轻人不用……脑子。我……你不知道那个地方,杂货……是的。噢。那儿有……瘟疫,你瞧。这不是说你一定……染上了……不过要是你像那样继续下去……"

他摘下眼镜,以做手术般的细心擦拭着。突然之间,尽管他一向声称不信神,代代相传的教堂忏悔冲出了他的口。

"……这个你叫我没法称呼的人……这些书……电影院……报纸……性……全是邪恶,邪恶,邪恶!"

我站在那儿,有如一堆粪土,绝望地在寻找一个阴沟洞什么的好爬进去,扑向爸妈,跪下请求宽恕,以便寻回我们天真无邪的岁月。我站在那儿,看着他配药,可以治愈斯城所有病症的药。

打那以后，我基本呆在家里，迎合爸妈要我做点什么的意愿，既然没有钢琴，就拉我那把粗劣的小提琴。我躲着艾薇，仿佛她就是我爸说的瘟疫之一。结果我在她出走之前只见过她一次。我站在起居室的窗前，手拿提琴。我极其用心地拉完了那首热情洋溢的吉卜赛乐曲；此刻伫立着，凝视对面彭斯家的屋子，悔恨地想着不知她会给我尽职的练习打几分。艾薇沿着对面广场的边缘走来。我的嘴缓缓地张开。这个斯城闻名的、众目所指的堕落女子居然一点也没有变化。翘嘴唇，神秘的笑，别致的鼻子，油亮的短发，膝盖不动，盈盈地走过，一如既往，向四周散发着几乎触手可及的性感气息。我目送着她消失在市政厅后面。她是邪恶、邪恶、邪恶。我也一样。我回头拉琴，沉浸在波尔多舞曲的高昂以及吉卜赛乐曲的沙哑颤抖中。

就这样，艾薇消失了。但是直到多年之后我才发现原因，我并不是祸首，尽管心头交织着虚荣和羞愧，我还是这样认为。也不是罗伯特和他的摩托车，也不是韦莫特上尉和他的打字机与鞭笞。尽管那时达格尔·邓斯在抽筋并最后因此而死，邓太太悲伤和歇斯底里得几近疯狂，她的脸上还是长着一双斯城的眼睛，嘴里长着一条斯城的舌头。是沾在琼斯先生嘴角的那一抹唇膏，仅仅一抹已经足够，把艾薇驱逐出了斯城，走向伦敦桥。艾薇走了，斯城这一幅五彩缤纷的图画又重归平静和单调。

然而艾薇还是躲开了伦敦桥，因为我又见过她一次，还是在斯城。那是两年以后的一个秋天，我刚进入在牛津求学的第三个年头，对世界满怀不安，因为谁都看得出大战一触即发。我不能想象我能上完三年级,相反,十有八九倒会穿行在又一条西线的火网之中。① 斯城正在举行一年一度的大集市,使得全城的小店小铺都门可罗雀。这个集市由来已久,说不定只有英国议会通过一项特别法案才能取消它。更叫斯城愤怒的是海尔街。从我们广场到古桥这一段,原先排列有序的一排店铺,如今充斥着摇摆舞音乐、旋转木马、各种神秘飞车和爱情隧道之类的玩意,乱哄哄的。它们出售的东西只有一种,那就是淫乐。这是周六之夜,天空晴朗,月光皎洁,秋寒料峭。可是那些你追我赶的机械,由无数管子高高低低构成的巨大怪物,喷吐出一股股蒸汽,在集市上空凝聚成一根根圆柱,一朵朵蘑菇,投射下颤巍巍的一道道灯光和一团团火焰,让人以为战争已经爆发。在三百米长的路段上,鳞次栉比地排列着射击棚、旋转木马、杂耍、砸陶、六分钱投三次飞镖以及幸运桶摸彩之类的把戏。横横竖竖、花团锦簇的彩灯随着发电机的转动时明时暗,小摊铺上的煤油灯焰摇曳不定,使得整个地区都像是在颤动和哆嗦。有一条人行道是清静的。只有从这唯一的一条路,你才能逃离这个集市和它的乌烟瘴气。我回来了,怀着一腔复杂的乡思,以为自己不再会欣赏这种童年的快乐,却既不安又好笑地发现按捺不住的要尽情享受它们一番的冲动。我在这条清静的人行道上溜达着,双手插在灰法兰绒裤袋里,一条围巾厚实地裹着脖子,一头垂在前胸,一头垂在后背。在这儿,那冲撞、吆喝、机械的喧闹、人群的叫嚷、木球撞到帆布屏幕的嗵嗵声,或者子弹击中铁皮的叮叮声,只从一个方向隐约传来,于是你感到部分地与它们脱离了关系。路上空荡荡的。时候尚早,看不见站在巷口或隐身于棚后的对对恋人。路

89

---

① 第一次世界大战(1914—1918)时同盟国与协约国集团中的英、法之间的战线。同盟国与俄国之间的称作东线。德国作家雷马克有描写这次世界大战的著名小说《西线无战事》(1929)。

面也尚未被酒气冲天的呕吐物玷污。就在影剧院与众不同的璀璨灯光之外,我看见一个女孩沿路朝我走来。我绝不会错认那一头短发,那纹丝不动的膝盖,那盈盈的微步。说到底,再次见她也在情理之中。不久以前的一天,巴伯科姆中士身着那套别致的制服,走出市政厅,摇响了手中的铜铃,刚扯开嗓子吆喝起"嗨呀,嗨呀,嗨……",就倒地不起了。街很窄,几乎没有我们俩可以错身而过的空间。她在我面前,笑眯眯地停下,笼罩在一柱柱蒸汽的辉映中。

"你好,奥利!你在这个鬼地方干什么?"

"瞎逛。只是瞎逛。你呢?"

"长周末。我有个约会。"

"那么我就不耽搁你了。"

我做出个让路的姿态,尽管心中并不愿意。她站着没动。

"你现在到哪儿去?"

"回家。这一片可怕的混乱!"

"那我跟你一块走。"

"你不是有约会嘛!"

她抬手理了理短发。

"这样的话人们……"

然后我们沉默了,自我约束着,互相打量起来。伦敦在她身上留下了不少印记。这儿一寸,那儿几分,尽管不显眼,却是精心设计了的,事关质料和风格。她的光彩是全新的,是一种精致。她穿一身严肃的深绿套装,一双烤花皮鞋。头发无拘无束,然而又合乎章法——一种设计过的无拘无束。在一件事上,如果只能有一件,我可以算是专家的话,那就是能够通过表象看到实质。艾薇已经在我们令人敬畏的社会阶梯上攀升了两级。

"知道你爸的事我很难过。"

艾薇悲痛地弯了弯腰。

"你有汽车了吗,奥利?"

有关中士的话题就到此为止了。

"我们吗? 没有。"我咧嘴一笑。"瞧瞧我! 我可是很费钱的哟!"

艾薇乐了,生动了一点。

"你戴着眼镜看上去太一本正经了!"

她灵巧地伸出双手,把我的眼镜摘了下来。夜色马上朦胧起来。

"嗨! 别胡闹!"

"我就是这样对待我老板的,当……现在你看上去又像小奥利了。"

"还给我,行不行? 我不能……"

"好,好,别发火。"

她走近来,喷香,结实,在我耳朵上架好镜腿。我屏住专一的呼吸,仿佛它使人记起了与惰性气体无关的事。艾薇退了回去。

"鲍比过去常常偷开彭斯的车。"

"噢。我可不像鲍比,是不是?"

"这我知道。"

那些画笔毛扑闪了一下。她转过身,朝广场走去。我并肩跟着。

"你还弹琴吗,奥利?"

"不常弹。没空。你还唱歌吗?"

"谁? 我? 为什么唱?"

我们到了广场。艾薇看了它一眼,然后面对我站住。

"你在忙些什么呢,奥利?"

"我亲爱的艾薇！我怎么能解释……"

说是这么说，我还是那么做了。我向她说起那个我满怀信心，仿佛已成事实的想法。"人们都认为氪是不活泼的元素。但是如果给它足够的条件，即温度和压力，将一团浓缩到一定程度的氪和另一种元素用一个放电器引发反应，一种完全人造的物质就可能产生，如果这个词可以被你接受的话。所以，氪……"

艾薇仰起头看我，瞪大了眼睛。

"哟，哟，哟，奥利老兄！你真的是聪明的！"

我又惊又喜。毫无疑问，伦敦改变了她许多。我冒出了一个大胆的念头，想领她去实验室看看，但马上又打消了它。我在那儿的地位不像我暗示的那么重要。不过这种大胆进一步膨胀着。我瞥了一眼医生家隔壁我们的小屋，居然想请她去坐坐。不过常识立刻占了上风。

"不敢当！至于你，艾薇……你看上去过得相当不错。"

她散发的香气包围了在钠灯下的我们俩。

"有女朋友了吗，奥利？"

我笑着摇摇头，然后按了按脸颊，那儿或许马上会有一个唇印。艾薇的回答出人意外。她严肃地点点头。

"对你来说还早了一点，不是吗？"

"我可比你大哎！"

我想了片刻，手在口袋里数着钱币，最后做出了这种情况下唯一可能的让步。我不能马上失去艾薇以及她的幽香和钦羡。我在思考的时候，艾薇转过身去，扫视了一遍广场，然后又回身面对我。

"总该有那么个人吧！"

"你说什么，艾薇？"

"大活人！"

这是个毫无意义的话题,我想。我们身后不正是集市嘛。

"我们可以去喝一杯……"

艾薇打开手袋,检查了一下。我让她不必操心。下个学期的费用已经在我的账户里了。我很富有,而且尚未发现一分钱不能花两次的公理。就这样我们一起走到皇冠酒馆。我拉开大门让她先进去,然后轻轻地关上门,也关绝了集市的嘈杂。置身于门厅之中,没有火光,也没有闪闪烁烁的灯光,闻不到油烟、饭菜、甜食和汗水的混合气味,有的只是一种令人肃然起敬的、尽管淡薄却四处弥漫的灰尘和亚麻油地毡味。穿过门厅,我们来到酒吧间,走过阿克斯敏斯特地毯①,在吧台前的清漆高脚凳上坐下。米尼弗太太在吧台的后面撑着手拧过身凝视暗淡的爱丁堡城堡。她短暂地回身表示了职业性的欢迎,给了艾薇要的兑水苏格兰威士忌和我要的淡啤酒,然后又拧过身去。我环顾四周。上次我来皇冠差不多是两年前的事了,跟迪·崔西先生一起来的,是个值得一记的事件。眼下有四个市议员围坐在远处角落的扶手椅里,讨论着下个星期的会议事项。一男一女在另一个角落对坐,默默无声,面色忧郁地看着自己的酒杯。

"干杯,奥利!"

"干杯!"

一位市议员脚步蹒跚地走向男厕所。

是的,我脸颊上真的有了印痕。是我在长时间的沉默中用手指按出来的。

那位市议员又慢慢地摇摆着回来。走过米尼弗太太面前,他嘟哝了几句天气。她拧过身,呱呱一笑,又拧回身去。

---

① 英国德文郡的一个小镇,自 1775 年起,以制作仿法国式羊毛地毯而出名。

艾薇抓起酒杯,一饮而尽。

"再来一杯,米尼弗太太!"

"哎,艾薇……让我来……"

"不。"

那位回到座位上的议员从椅子上挺身向前,一手作杯状扶住
耳朵。

"啊?大声点,杰姆!"

"只要我们别让那条约太离谱!"

"噢。啊。"

艾薇用手支着双颊,甩了甩短发,然后转向我。

"我们有过一段快乐时光,是不是,奥利?"

我不自然地笑笑。艾薇又喝了几口兑水威士忌,然后带着几分
坚定说:

"是的,我们有过。快乐时光。现在……又回来了……"

我喝光了杯中的啤酒,看着艾薇穿着长袜的玉腿。它们很好。
我递上空杯,米尼弗太太将它斟满。淡啤酒很好。

艾薇继续说道:

"从小一块长大的人……男孩和女孩……一起……"

她冲着我吐气如兰,一脸既调皮又若有所思的神情。我笑着,
长长地吸了一口淡啤酒。我也回忆起一些事情,隐约觉出了今晚将
有什么个结局。

"还有罗伯特,艾薇。别忘了罗伯特……"

艾薇的若有所思被一脸狡黠取代了。

"鲍比!我的初恋!"

我又喝了几口,想起了道利什小姐的双座轿车,一下噎住了。

"请再给我一杯,米尼弗太太!"

"……还有我。"

艾薇沉默着,凝视着吧台后面的镜子。她看上去很好。

"星期二。"

"你说什么,艾薇?"

"我星期二回去。"她歪着头朝我宛然一笑。"得忍到那时候。"她抓起杯子一饮而尽。"请再来一杯!"

"干!"

"当然了,走前还得拜访一些人。"

"你?什么人?"

脑子里冒出一个好笑的念头。我对她讥嘲地一笑。

"弗瑞迪·韦莫特过得怎么样?"

艾薇默不作声了片刻,盯着手中的杯子,然后喝了一口,放下。

"我刚跟我老板从瑞典回来。"

我的嘲笑中又加进了一层深意。

"他怎么样?"

"戴维是个可人儿。人人都这么说。我爱死他了。"

她突然笑出声来。十秒钟之内她的神情又一变,不再是狡黠,而是孩童般的调皮,又是一个古桥上的艾薇了。

"他什么都好!样样都好!"

她身下的吧凳动了一下,所以她扶住了吧台。

"哎哟!"

"干杯……"

"我们去拜访你爸妈吧。"

"别胡闹,艾薇!"

"要不琼斯医生……现在有你这个男人陪着,我们可以拜访他们了!"

"我不觉得……"

"难怪斯城有这么多酒馆。不然的话……真希望戴维在这儿。再来一杯威士忌!"

"他样样都好。"

艾薇飞出一串响亮的笑声。

"他床上功夫非常好。人人都这么说。"

我可不准备让她在玩深沉上胜过我,何况我被淡啤酒的火焰烧得浑身发热。

"真的吗?"

但是我仍然远远没有琢磨透艾薇。

"是真的,"她说。"比你好。"

角落里的低声对话停止了。有人嘘了一声。我半身滑下了吧凳,抓着吧台旋转了一下。

"我们从没上过床,"我一边说,一边笑,笑声干巴巴的,像从一个塑料盒中发出似的。"从没! 别瞎说,艾薇!"

"从没上床?"她点着头说。"七点半之后就再也不下床啰! 干杯!"

我举起杯子,狂笑着,犯了个巨大的斯城式错误。

"干它个底朝天!①"

艾薇把空杯小心翼翼地放在吧台上,盯着它看,仿佛看见一只苍蝇在里面似的。那一对忧郁的男女互相点点头,急急站起身,一言不发地走了。艾薇做了个好像要撩起短发的姿势,可是半途停住,又把手放下了。她沿着吧台歪头看看我,环顾静悄悄的酒吧,又

_____

① 原文为 Bottoms up,意为"干杯",也可以理解为屁股朝上。所以奥利说自己犯了错误,艾薇果然多心而发怒。

凝视着墙壁,透过它,看着小城。那歪嘴冷笑又浮现了。

"一切都是从……"她说,"你强奸了我开始的。"

噩梦之歌开始在我耳边回响。我无言以对——事实胜于雄辩。不然我做过的,我们做过的,又是什么呢?那四个市议员齐刷刷地站起身,走过身子拧来拧去的米尼弗太太,走向大门。

"在那个山坡顶上,"艾薇大声而详细地说。"在那片树丛里。"

"我没有!"

"赖也赖不掉,"艾薇说。"我没想要你……我只有十五岁。"

酒吧间的门合上,只剩我俩了。我又感到了斯城的波涛。可是这一次不再是低语和窃笑,而是像潮水般轰然地在我头上呼啸而过。我砰地放下酒杯,怒气冲冲地走了出去,站在外面市政厅一角的钠灯下。艾薇在我身边出现,笑嘻嘻的。我好不容易才忍住没有用双手卡她的脖子。

"奥利老兄!"

"你要了我,是不是?要得很漂亮,哼!"

"是不错。"

"那你也要了你自己!"

她咯咯地笑起来。

"什么?我们俩吗?"

"你就会笑啊,笑啊,笑……"

"莉莉·安德丽①。那就是我。"

她摇晃着趋向我,娇喘吁吁。但是残月和广场上的钠灯把她照得透亮。她的肤色有如死尸,双眼和嘴唇黑如甘草。怒气升腾,雾湿了我的镜片。

———————————

① 莎士比亚的喜剧《皆大欢喜》中的村妇,举止粗俗,无教养,令人生厌。

"噢……见鬼去吧!"

艾薇愣了片刻,然后严肃地点起头来。

"啊。"她说。"噢。是的。好……"

她点着头转过身,然后又停下,转回身子。

"奥利……"

"怎么?"

"对不起! 我……"

"晚了。"

突然间她又变成个洗衣妇,脸向前冲出,小拳头紧攥着。"你! 你怎么老也长不大? 这个地方……你。你、你爸、你妈。太好了,是不是? 你们有浴室。'我要上牛津了!'你不知道我们那儿……蟑螂啦,还有……哼。星期二。再也不回来了。再也不,只要我能够。这样你就可以继续嚼舌、取笑了,对不对? 嚼舌,取笑……"

"你这是什么鬼意思?"

"嚼舌。"

"嚼什么舌?"

她恨恨地将这句话吐在我的脸上。

"我和我爸的事。"

她转过身,摇摇晃晃地穿过广场,直到走过道利什小姐家的凸肚窗时,才稳住脚步。我伫立着,既羞愧又迷惑,尽管一腔怒意,却生平第一次看见了另外的一个艾薇,一个一生都在挣扎着要成为纯洁可爱的人的艾薇。就仿佛这个令人迷狂、叫人渴望的东西突然间取得了人的一切品质,仿佛我——仿佛我们可能——已经用了什么,大概是音乐吧,取代了必要而无可避免的战斗。这种感情是如此强烈,压过了我的一腔怒火,使得我对着空旷的广场,向她大喊起来:

"艾薇!"

她又在盈盈微步了。想到集市的喧闹很可能淹没我的呼唤,我冲动地想去追她,哪怕直追到杂货坊黑洞洞的大口里。但是,我看见爸爸的屋子里亮起了一盏灯,妈妈的身影在窗帘后飘过。我也看见——也许只是想象——艾薇的秋波朝我一转,手指在左肩上方朝我勾了勾,然后就消失了。我满腹狐疑地回了家,去潜心解读这个我尚未看透的人和她那条刁钻古怪的舌头。

我在牛津大学的第一学期结束后，先坐火车到巴切斯特，然后换乘汽车回斯城。在巴切斯特我逗留了一阵，并无目的，只是在大教堂四周闲逛，在书店里浏览。最后时钟提醒我，再不走就会错过最后一班汽车，我才上了那班汽车，又埋头在一本书里。我似乎在借助这些手段延迟什么事情发生似的。这儿的"什么事情"不可能是牛津。化学已经取代了音乐，成为全职的工作。对此我自己也感到惊讶和愤慨。化学使得我无暇顾及个人的音乐嗜好，尽管它本身也极有意思。再说我渴望见到双亲，渴望炫耀时髦的灰制服的宽裤腿，渴望告诉他们种种事情。艾薇已经出走，伊莫锦也已出嫁，而我则是一个规规矩矩的学生了，对价值和责任有了中规中矩的观念，所以没什么可担心的。

虽然如此，我还是埋头于手中的书本，

> 往事如烟逝，
> 新运似水来。
> 深长无宽度，
> 位高乏真才，
> 祈祷少悲哀。

毫无作用。不管这个作家多么优秀，我却不能理解他的诗。我是个只有一项个人爱好的科学工作者。要是我自以为聪明得足以两项并举，那我就太不自量力了。我把书收起来，尽管不知目的，还是抖擞起精神，终于支持到汽车在黑暗里像一头老牛似的摇晃着上了古桥。我提着两只箱子从车站向自己家的木屋走去。家里黑着灯。正当我在门口的草垫底下寻索钥匙的时候，我妈的声音隔着广场从市政厅那个方向传来。她满怀热情和爱意拥抱了我。进门之后，没等安顿下来，我就明白了他们做什么去了——我爸手里提着黑色的木头琴盒。爸一打开灯，我便看见妈穿着她最高级的灰套装，别着金胸针，双颊留着尚未褪尽的淡红。她笑声不断，神采奕奕，情绪高昂。一如既往，我立即唤回了那种与生俱来的理解力。即使没有我爸的提琴和深灰色西装的提示，我也知道斯城歌剧社又成功地恢复了两年或三年一次的活动。我相信，每逢这个时候，我妈便进入生命中一种相当奇特的状态。她独揽钢琴；学院音乐系的乐队指挥吹长号，教区牧师拉低音提琴，一个排字工人拉中提琴，我爸则是第一也是唯一的小提琴手。于是整个乐队由她控制。这个乐队阵容的单薄并不仅仅在于它是否具有音乐水准。即使我们有更多的演奏人才，也没有地方容纳他们。同样的问题也限制了演员和合唱队的阵容。所以他们上演的《乡村姑娘》、《快乐的英格兰》、《丁香时节》和《珠金卓》都是大砍大削过的简本。但是即使有了大批的人才，宽大的舞台、乐池和礼堂，还是存在一个无法逾越的障碍：社会因素。学院的社团都自成一体，不愿参与。军士长奥多诺万帮了忙是因为他正处于似懂非懂的水平。还有，至少一半的斯城居民无资格参与，因为他们居住的是像杂货坊、米勒巷这样的地方，而且衣衫褴褛。尽管艾薇善于唱歌，又丰姿绰约，她却绝对不会被邀请登台，即使是作为合唱队的一员也不可能。艺术虽说是各阶级的交汇之处，你却不能期望太多。所以，这事就只能由那么十来个人包办。围绕这十来个人的是一条看不见的界线。人人都不提这条线，但人人都知道它的存在。

SOS① 孕育自一条蜿蜒于社会表层之下的血脉。除了市长莅临之外,没有任何仪式。既无演说也不炫耀。我们自己便是一幕悲剧,不知道我们的心灵需要经由艺术的洗涤而净化,只会为《世界新闻》报上的批评而幡然悔悟。每隔一段时间,那条血脉会因压力而贲张,搅得我们夜不安眠。从上次演出之后就被冷落起来的 SOS 会再次醒来,舔舐自己的伤痕。伤痕不胜枚举。只要看每次演出过后,少有演员再互相说话就知道了。出于魔鬼的天性和登台献艺、显示怜悯、炫耀争宠的欲望,那些我们在平素不得不隐藏起来的嫉妒、仇恨、卑鄙和愤慨的罪恶之花,此时乘机怒放。分配一出轻歌剧的角色便会一举赶走一半的潜在演员。因为总是有三四个人认为自己没能扮演男主角或女主角就是莫大的侮辱,于是不是退出演出,便是把事情搞得更糟,他们怀恨接下小角色,从此开始恶意捣乱。三场演出结束时,另外的一半演员也就因饱受羞辱而发誓再也不充作受气包了。因此,SOS 没法年年演出。伤痕的愈合需要一定的时间。等到争吵平息,仇敌和解,要准备下一年的演出为时已晚。等下一次血脉再开始贲张,一个委员会又会形成,由它复活剧社,评估后遗症,最后宣布在某些慈善组织,比如巴纳多医生的资助下,SOS 又将在市政厅上演某出歌剧了。一看到我妈双颊上的红晕,我就知道不必再提牛津的事情了。她兴致正浓,断不了话题。

"这次是什么呢,妈?"

"我想是茶吧,"她说。"他爸,你把水壶坐上好不好?我的天,我几乎——非常好,奥利弗,我认为我们从来没有干得这么漂亮过!"

---

① 作者自此以下皆用 SOS 这个缩写指代斯蒂伯恩歌剧社(Stilbourne Operatic Society),表达以艺术拯救人心的双关义,因为 SOS 是国际通用的求救信号,也可理解为"拯救我们的灵魂"(Save our souls)。

她哼了几句,然后放声大笑。

"我是问这次演的剧是什么名字?"

"《多情国王》。有几段音乐非常优美,你一定喜欢。"

"我不会去的。当然不会。"

"这我们慢慢再说。"她说。"你知道吗,亲爱的? 这一次我们有个专业导演。你在牛津听说过他吗? 迪·崔西先生。埃弗林·迪·崔西先生。你一定听说过他!"

"可是我没有。"

"他是个魅力十足的男人! 他举重若轻,什么困难都难不倒他。你会觉得专业人员——"

"困难?"

"我是指市长的客厅。迪·崔西先生只说道:'小伙子们,姑娘们,我们只要稍稍改变一下路线就成了。'一句话,就只一句话。他爸,你忘了放滤网!"

"市长的客厅又怎么了?"

"你能相信吗? 他说不借! 从那以后,客厅便上了锁。"

"那你们就不可以……"

"迪·崔西先生将圆形布景向外推出 18 英寸,安排演员从那儿上场。"

"为什么呢?"

"是啊,谁都会问。给,亲爱的。他爸,我想你把水壶拿到茶壶那儿去了吧! 是这样,奥利弗,因为他女儿。我可以肯定,她没轮上……"

"不会吧……"

"是的!"

"不!"

"错不了，奥利弗。你明白了吧。"

我是明白了。市长的女儿，安德海尔太太，是舞台上的老面孔了。好多年以前，她受过专业的声乐训练，在专业剧团演过一季。从那之后，她便独霸了我们剧团的天真女孩角色。这使事情变得简单。我见她穿过波斯装，中国装，伊丽莎白裙子。她的嗓门洪亮，可以充满德鲁里巷，使小市政厅变得像个汽车的行李厢。真的，有一次我从树林下来，回斯城，听到她唱出了高音 C，还以为是附近医院的病人在喊叫。要是安德海尔太太被委员会抛在脑后，她老爸不借客厅也就顺理成章了。同样自然的是，他会尽力延迟宣布这个决定，直到造成措手不及的效果。

"那你们怎么办呢？"

"当然了，楼梯是在背后。听说窄极了。后台左侧，"我妈说，得意地细细陈述。"只有一条通道。谁上台都得紧贴着布景。你有时可以看出它的颤动。"

"才不止呢，"我爸说。"小约翰逊今晚差一点用胳膊肘捅穿了它。"

"可是怎么……我说……"

我妈知道我要说什么。

"呃，她已不是五十多，而是差不多六十的人了，亲爱的。一切美好的东西都有结束的时候，是不是？是该她退出，让年轻人上台的时候了。"

"那么她演什么呢？女巫还是别的？"

"你怎么能想象埃尔西·安德海尔会放弃主角，去扮演别的什么吧，是不是？我亲爱的奥利弗！她彻底退出了演出。这可不是小事，我告诉你。有人说克莱默没处理好这件事……"

"克莱默？这么说他还是个主角……"

　　诺曼·克莱默,《斯蒂伯恩广告人》报老板和编辑,如今又是伊莫锦的丈夫。我的心一紧,意识到是谁取代安德海尔太太来扮演天真女孩了。

　　"他们是非常合适的一对,亲爱的,尽管克莱默先生的嗓门低了一点。"

　　"他唱起来像蚊子哼哼。"

　　"我得承认他看上去真的不像艾弗①,可是克莱默太太——就是从前的伊莫锦·格兰特利,她看上去真像个公主!"

　　这我相信,心里不由地想回牛津了。

　　"她的歌喉,"我爸说,"是……"

　　"听着,他爸! 再来一杯红茶。"

　　我知道伊莫锦善唱,那真是锦上添花。我心里打定主意第二天要出外远足,免得听见她的歌声而不能自拔。

　　"我敢肯定,那楼梯一定会堵塞!"

　　"没错。我们在乐池里看不到后面的情形。等你告诉我们吧,亲爱的。"

　　我心不在焉地点点头,心还在伊莫锦身上。然后突然醒悟——

　　"你说什么,妈? 我? 楼梯?"

　　"就在刚开场的时候,亲爱的,有一个场景……"

　　"嗨,等等!"

　　"你还不知道我要说的是什么呢,对不对?"

　　"可是……"

　　"有一个场景,我想是匈牙利、鲁瑞坦尼亚②或者别的什么地方

---

① 似指艾弗·诺维洛(1893—1951),英国著名演员、剧作家。
② 一个虚构的国度,源出英国作家安东尼·霍普(1863—1933)的小说《詹达的囚徒》。

吧。在一家饭店,你瞧,她不知道他是微服出行的国王,他不知道她是便装的帕夫拉戈尼亚公主。这个情节很妙吧? 我不知道他怎么想!"

"我才不想呢。不。我告诉你,妈……"

"自然啦,一个吉卜赛人为他们演奏,然后他们一见钟情……"

"不!"

我注意到我爸对我们俩一个也不瞧,只盯着自己的杯子,仿佛从中可以看出自己的未来似的。

"想象一下,"妈说。"他演奏着,他俩情话绵绵。国王给了他一袋金币,他走了出去。非常轻柔地,乐队接过那支吉卜赛曲子演奏起来,于是他——我指的是国王——开始歌唱,紧靠她的桌子,"——激动的妈开始唱起来,满怀激情:"晨曦初露,亲爱的孩子,我心中……"

"我不干!"

"听着,奥利弗,"妈说,激情渐渐消失。"别想拒绝。我们试过让小斯密司演这个吉卜赛人,拉一张丝弓,由你爸代他演奏。可是不成。他的动作就是跟不上音乐。所以我答应了迪·崔西先生。为了明天的最后一场演出,我说,我儿子奥利弗将很高兴扮演……"

我绝望中抓住一根稻草。

"妈! 我有好一阵不拉这讨厌的乐器了! 就是让我练一夜,我也不可能学会的。"

"你不必学,亲爱的。"

"那这个吉卜赛人做什么呢? 就提着个谱架和奥根纳乐谱围着他转吗?"

"那是一支你去牛津之前就拉熟了的曲子,"妈说。"你记得你是多么喜欢它吗,亲爱的? 你整天拉,每天拉,拉了三个星期! 我那时就觉得你拉得好极了。"

我张开嘴,马上又闭上了。我责怪地看看我爸:他照旧审视自己的杯子。我责怪地看看我妈;她却平静下来,得意洋洋地笑着。

第二天是星期六,早上我屈从地跟着妈去了市政厅。我们从西边的大门进去,有三个人在等着我们。克莱默先生和伊莫锦在台上的一张小桌旁坐着。谢天谢地,我被免除了正式的介绍,因为我跟在我妈身后,急急地走入大厅,琴盒的扣不巧松了,东西撒了一地。收拾它们用掉了所有的时间,以致我站在那儿,一手拿弓,一手提琴,好久没人注意我。我看了看伊莫锦,她回报了美妙如花的一笑,但是没有说一句话,因为克莱默先生正在说话。他的声音一如往常,在我听来就像是手指甲刮擦沾满雾气的玻璃发出的。

"他来了,埃弗林。我们只要过一遍那段对话,是不是?"

起初我迷迷糊糊地觉得这个场景本身便是剧情的一部分,因为那人从我左侧出现时身上穿着戏装。

"迪·崔西先生,"我妈说。"这是我儿子,奥利弗。奥利弗,亲爱的,这是埃弗林·迪·崔西先生。"

迪·崔西先生深深地鞠了个躬,但是一言未发,只是从台上向我投下一个微笑,并且等待着。他身材高瘦,穿着没有翻边的格子花纹裤子,一件夹克长及膝盖,戴着一个翼领,绣花马甲外系着一条黑色绸领带。我真不知道这么个人物在匈牙利或鲁瑞坦尼亚是什么身份。又做演员又做导演对他来说倒是不错。

可是克莱默先生变得坐立不安起来。这发生在星期六的早上真令人惊讶。他一般是星期四去报社上夜班的。我妈转向我:

"你调好音了吗,亲爱的?"

我绕过隔开观众和乐队的绿呢幕布,在钢琴上弹了个 A 音。在

我调琴的时候,克莱默先生对迪·崔西先生说:

"该我来呢,埃弗林,还是你来?"

这时我注意到迪·崔西先生身上的一种古怪现象——他在颤抖。他瘦长的脸上浮着如梦如幻的笑容,嘴唇微微张开。这个表情不变,瘦长的身子却在颤动。三次、四次,又是一次。这一颤动包括那两条从膝盖处向两边微微张开的腿。

"你来好了,诺曼。你简直就是个顶呱呱的专业演员!"

克莱默先生膨胀起来。

"能减少你的麻烦就好,埃弗林先生。"

"我这个老演员一直愿意学新招,诺曼。你确实有鉴赏力。"

克莱默先生得意地笑了。

"我不否认我自己倒常常怀疑——那好。让我想一想。"

他思索着,下巴支在一只白手上。迪·崔西先生继续带着他如梦如幻的微笑俯视我。他的双眼很大,像一对旧台球,眼珠却极小,所以它们看起来都成了开球用的置点球①。他的头顶光秃,只剩一小撮黑发斜梳在脑后。他谜一样的微笑深邃而友善。

克莱默先生坐起身来。

"好啦! 上来吧,小伙子!"

我爬上台去,站在离伊莫锦一码开外。

"这就是那个场景,"蚊子般的嗓音说。"看到富有的客人,你偷偷地带着乐器走近,再走近,然后开始演奏——就是这儿。你可以尽情演奏。不过我一开始说话,你就得马上降低音量,越来越轻柔,直到我把这一袋金币扔给你。你向我深鞠躬,很深很深,然后退出去。明白了?"

① 指表面嵌着两个黑点的台球。

伊莫锦穿着一件橘黄套衫,配着淡绿裙子。我看得见闪亮的订婚戒指下面的金指环。

"我的老天,这孩子没在听哪!喂,小奥利,看这儿……"

"这样半途而入是非常困难,"迪·崔西先生温和地在我身后说。"我预料到他会与众不同。不出所料。"

"你听见我说的一切了吗?"

"听见了。克莱默先生。"

"诺曼,我想,你说呢?应当让他知道从什么地方进场。那样会有所帮助,是不是?"

"他将从那个笨汉斯密司进来的地方进来,当然啦。"

迪·崔西的嗓音美妙清晰而温柔。他说得很慢,一字一顿,仿佛知道它们是多么宝贵似的。

"或许——或许他不知道斯密司是从这儿进来的,从台上,当中。"

克莱默先生将一只拳头放在前额上,闭上眼睛。

"那他昨晚没来?"

我妈在大厅出声了。

"他很晚才从牛津回来。他得参加一年一度的牛津学生大游行,你知道吧!他们非常欣赏他。是不是,奥利弗?"

克莱默先生将拳头放在桌上,睁开了眼睛。

"你们保证过他会准确感受的呀!"

迪·崔西先生颤动了一下,然后停止。

"我们只有尽力而为了,诺曼,老伙计。"

"好吧。听着,小奥利弗。我一说'我开始发觉这是世界上最迷人的地方',你就开始演奏。明白吗?"

"明白了,克莱默先生。"

"当我说,'这支乐曲告诉了你我不能和不敢告诉你的!'你就降低声音。"

"好的,克莱默先生。"

我走过去站在帆布景片后面。景片和环形布景之间有18英寸间隔。伊莫锦以她悦耳的嗓音念道:

"这是一个奇异的、鬼魂出没的地方。它令我害怕!"

"我开始发觉这是世界上最迷人——噢,等等。我开始发觉这是世界上最迷人的地方!"

我走上舞台,开始演奏,但是马上停住了,因为克莱默先生站了起来,挥舞着手臂。

"停下!停下!停下!"

迪·崔西先生用双臂围住我的肩膀,轻拍我的右肘。

"诺曼老兄,我想还是我来吧。完全是为了保护你的嗓子和精力,晚上好演出。好吗?"

克莱默先生瘫坐在椅子里,嘲讽地笑着。

"你说怎样就怎样吧,埃弗林!"

他的手指在桌上敲打起来。伊莫锦伸手按住它们,理解地看着他。迪·崔西先生清晰柔和的话语在我耳边响起。

"你奏得真好,亲爱的孩子,所以我们一定要把一切做得完美。是不是?嗯?听着,如果你跨着那么美妙的步子进来,几步之后你会正好走到这儿,距乐池6英寸,然后你对着国王和公主弹奏一曲,他们是在那儿。要是你只走那么美妙的一步,"他的手一直轻轻地拍着我。"你看上去就不像一个奴态十足、奉承巴结、恭敬有礼的吉卜赛乐师了,你说像吗?嗯?"

"不像,先生。"

"叫我埃弗林,亲爱的孩子。人人都这么叫。我也该叫你奥利弗。嗯？现在让我们来练一两遍上台吧——是了。你瞧，你必须走许多小步，几乎就是原地踏步，这样就能让舞台显得大一点，对观众来说——信不信吧。妙极了！"

此刻我已经把身子蜷伏至最低了，所以能清楚地看到迪·崔西先生的双膝。那一对关节居然可以自由而快速地向外翻转，令我惊讶不已。

"奥利弗，亲爱的孩子，你不至于从前就演过戏吧？嗯？"

"没有，从来没有，这是实话。"

"在学校里也没有？"

"他们试过我，可是我老出岔子。"

"夫人，我为你的儿子向你祝贺。"

我妈在大厅不见身影地笑了。

"噢，迪·崔西先生！我相信……"

"一种先天的能力，除了杰出的演奏之外——好，我们都准备好了吗？"

克莱默先生再次嘲讽地笑了起来。

"我们早都准备好了！"

"好的，奥利弗，亲爱的孩子。"

"'我开始发觉这是世界上最迷人的地方！'"

我以小步进场，演奏着，等待转为极轻柔的提示。提示没有出现，却见克莱默先生再次站起来，开始挥舞双臂。我停下了。

"不可思议！相当不可思议！噢，我的老天！"

"我是在等你说……"

"我说过了！我喊过了！"

这一次，迪·崔西先生的双臂揽上了克莱默先生的双肩。

"诺曼老兄，我要威吓你了。你受得了，是不是？"

"我的天,我的天!"

"别激动。冷静一下,老兄。好些了吧?"

"我的天……"

迪·崔西先生轻拍着他,伴随着的是一阵长长的沉寂。克莱默先生把拳头从前额移开,睁开了眼睛。伊莫锦对他莞尔一笑。克莱默先生把脑袋垂向迪·崔西先生的左肩,抓住他的二头肌,狠捏了一把。

"对不起,埃弗林老兄。"

"没关系,诺曼先生。我想,是不是该休息一会儿?"

"不,不。"

"你肯定你不……"

"不。"

克莱默先生仰回脑袋,捋顺了头发,走向座位。

伊莫锦再次用自己的手盖上他的手。迪·崔西先生笑着转向我:

"不管怎么样,小伙子,我们必须——按音量比例降低。我们必须——我该怎么说呢?"

他用一只手托住下巴,他那黄色台球中的小点瞄向大厅的黑暗。

"我们必须——"他移开托住下巴的手,伸向空中,转了半个圈,整个过程中都用大拇指和其余手指握着什么无形的东西——"降低音量!"

那蚊子般的嗓音又在一旁哼起来。

"他爸爸该有一种什么东西放在他的提琴上。"

迪·崔西先生大大地张开双臂。

"我想到了什么? 减音器! 就是它!"

"噢,真的别,"我妈从黑暗中喊道。"奥利弗怎么可以用减音器呢! 为什么呀,我这一辈子还从没听说过这种傻话呢!"

"哎,妈……"

"别激动,诺曼,别激动。让我来处理这事,你省下力气表演。夫人——"迪·崔西先生如梦如幻地向大厅下面微笑,脸侧向一边。"请问为什么你的儿子不可以用减音器?"

"因为他人在那儿,谁都能看到那东西!"

"有道理,诺曼老兄。"

"人们不会注意他的,埃弗林老兄。他们将会看着国王和公主。他完全是个旁衬。"

"他们当然会看着奥利弗,克莱默先生! 还会听他演奏! 我必须指出,要是你不能说得大声一点,连一把在舞台最深处演奏的小提琴也盖不过——"

"仅仅一把提琴?"克莱默先生哼道。"这孩子奏得简直跟一个铜管乐队似的响!"

"他好意答应为你表演,我可不会让他——"

"别激动,诺曼先生。坐下。你也坐下,伊莫锦,最亲爱的夫人。太太……"

"这出戏里乐师的戏份实在是太少了!"

克莱默先生敲了一下前额,然后拍拍桌子。

"我可是受够了,上帝,真受够了!"

大家都一声不吭。我难为情地低下头,看见迪·崔西先生的双膝极快地大张大合,真害怕他将要跌倒。我犹豫忸怩地说道:

"我在想——有一个办法……"

迪·崔西先生继续微笑着,嘴巴微微张开,带点的球深深地看入我的眼睛。

"什么,小伙子? 奥利弗?"

"只是一个小诀窍而已。只要——我用一个分币。旧的最好,对了,这个就行。在琴桥和琴尾之间。你瞧,要是我——我得把弦松下一点。然后我——就这样,将分币压在 A 弦上,然后插入 D 弦下,再压在 G 弦上——对了,就是这样。再重调一下音,当然了。这不会影响 E 弦,不过我在这个曲子里不怎么用它。好了。等一等,让我把弦调好。"

"人们不会看见它的,克莱默先生。我希望这下你就满意了。如今根本不会有人会听见奥利弗的琴声了。"

迪·崔西先生恭敬地看着我。

"天才,绝对的天才!"

"受够了。上帝!"

"埃弗林,我真的觉得诺曼受够了⋯⋯"

"伊莫锦,最亲爱的夫人,甜蜜的朋友——演出是最重要的事。诺曼老兄,我要再次威吓你了。再来一次,然后,好好喝两杯。好了吗,奥利弗小伙子?"

"'我开始发现这是世界上最迷人的地方!'"

我把脑袋偏向琴托,直偏到一只耳朵几乎就落在琴弦当中,这样才刚刚能听出一丝音响。我另一只耳朵则刚好能听到克莱默先生的声音。于是我们成了一对蚊子。我开始对这种虚拟的演奏感起兴趣来。可是没等我结束演奏,克莱默先生便从衣袋里拽出一只小口袋,高高地向我这个方向扔来。

"你必须接住它,小伙子。"迪·崔西先生说。他不动声色的声音像平常一样轻柔,在蚊虫的哼叫中轰然一响。"如果你没接住,那你就得趴下去捡了。"

"是,先生。这样行吗?"

"好！优雅极了。"

"我一点也听不见他的琴声，"我妈从大厅后部喊道。"一个音符也听不见！"

克莱默先生朝黑暗中瞪了一眼。

"这本来就是一段隐秘的戏，"他哼道。"要不你就会说听不见我说什么了！"

我妈放声大笑。

"实话对你说……"

"埃弗林老兄！我想到一个主意！我们还能用他！装点那个大场面——就在二重唱之前！记得吗？"

"当然记得，老兄。可是他连个吉卜赛人都扮不成，是不是？怎么能出现在王宫里呢！"

我无言而立，握着琴和弓，听凭他们安排我的未来。

"正缺这个呢！不管怎么说原来的剧情中至少有十来个朝臣、王公和贵妇呢……"

"是个好主意，老兄，毫无疑问是个好主意！"

"他可以扮个卫士。立正，剑朝下。敬礼，然后退下。"

"让他站在哪里呢？"

"这儿？不——那儿！或是在台后中央，落地窗前？"

"我想——台边，靠右。站在那儿好不好，小伙子？"

"埃弗林老兄，我看艾弗表演这一幕时，他是用这么个姿势，宣布散朝的。可要是只有一个卫士的话，我最好是说上几句，是不是？你觉得如何？"

"到时候再说好了，诺曼。不过还有个技术问题。他该穿什么呢？"

"他应该是个皇家禁卫军，"我妈说。"要是戴上那样一顶头盔,他看上去一定帅极了。"

"一定是的,夫人。可是,哎呀! 总共五套制服都给了合唱队。他们得跟女士们一起排在楼梯上,等候上最后一幕。"

迪·崔西先生再次伸展双臂,头偏向一边,挨个朝我们微笑。他轻微地耸了耸肩。

"那就没办法了。"

我松了口气,可是马上听见我妈从大厅急步走向绿粗呢大幕。

"迪·崔西先生,我们一定能找到办法的!"

"嗨,妈……"

"噢,夫人,只要我们可以……"

克莱默先生轻轻地敲着额头。

"一个主意。一个想法。"

"什么,诺曼老兄?"

"我正巧有——我给你看过'埃塞克斯'①的上演海报吗?"

"看过,老兄。"

"那是巴切斯特的露天表演,"伊莫锦说,略带几分兴奋。"《悠悠岁月》。诺曼看上去帅极了。"

"现在你知道了吧! 我可以借给他一套,把他装扮成个英王卫士!"

"我相信那马甲同紧身裤都合英王卫士穿。可是帽子呢,老兄,别忘了帽子。"

"我正好有,迪·崔西先生! 我有一顶黑色旧宽边帽!"

"嗨,妈,我可不认为我……"

"等等,奥利弗,我今天下午可以给它装一条硬纸带和一个

---

① 英格兰东部的一个郡名,历史上以此为伯爵称号的有好几个,此处未明指哪一个。

徽饰。"

"好。相当好!"

克莱默先生又敲打起来。

"该跟服装师说一声吧?"

"还有颜色呢,老兄。英王卫士该穿黑色还是红色?"

克莱默先生笑了起来。

"我们不是在匈牙利吗,对不对? 你不会想象一个匈牙利卫士跟英王卫士穿一样颜色吧!"

"你想得真周到,诺曼。不过,先别急那件事。他得拿一把戟。埃塞克斯没有拿戟,是不是?"

"当然没有,埃弗林。"克莱默先生哼道。"你在开我的玩笑吧!我有一剑一马和一队仆人!"

迪·崔西先生如梦如幻地向他微笑。

"'我的七个仆人恭顺地开始……'"

"还不止那些。不过这是个问题。我们必须得有一把戟。"

我开始悄悄地移动,离开舞台。

"这就算定了,我要……"

"等等,小奥利弗。亨利·威廉斯,就是他。对了。我回家时顺道跟他说。他会为我们赶做出一把戟来的。"

"我认为,"我妈从绿粗呢另一边说道,"我认为英王卫士的靴子上也会有徽饰的……"

"你会有图片的,夫人,我相信。"

"噢,对了!"我妈说,兴奋地笑起来。"奥利弗的《少年百科全书》里就有一张!"

"妈! 我的天……"

"不错,"克莱默先生哼道。"你今天下午可以来我家取那些行

头,奥利弗,一等亨利做好就去取那把戟。现在我们最好还是把这
一场戏搞定。"

我爬下台,将小提琴、弓和硬币放在一边。我想严厉而凶狠地
瞪我妈一眼,可是大厅里太黑了。等我转过身,克莱默先生和伊莫
锦在舞台正中相对而立,脑袋高昂,仿佛是隔着一堵高墙互相对视
似的。迪·崔西先生正在审视一把扫帚。他递过来给我。

"这就是你的戟,小伙子。台边上,靠右。最后一场你都要站在
那儿。除了最后一幕。"

"埃弗林先生,我总得说什么吧! 给我一句台词,好不好?"

"你不愿意挥一挥手,就跟艾弗所做的那样?"

"有了,埃弗林。这一句怎么样? '留下,殿下,我们并不孤
独……'"他转身对我的脸扬起手。"走开!"

"棒极了,老兄。真是神来之笔。艾弗自己也写不出更好的台
词来!"

"那么他当然得敬礼了。"

"拿着戟怎么敬礼?"

"他最好戟尖朝地。试试,小奥利弗。小心点,孩子! 老天! 你
会刺着我的!"

"我觉得,"当他的膝盖停住不动后,迪·崔西先生说。"我觉
得最好不要戟尖朝地,那样他就横过了半个舞台。或许——请允许
我,奥利弗,亲爱的小伙子。像这样站;当国王威严地向你走来开口
说话时,这样站,这样做。好吗? 然后你可以转身,正步从那儿下
去,我们都可以再次看见你那美妙的步伐了,是不是? 试一试!"

"走开,仆人!"

"噢,别,别,别!"我妈轻声笑着说。"他不会说'仆人'的。一
个国王不会。不会对一个卫士这么说!"

"那么,你建议用什么阶层的称呼呢,夫人?"

"将军吧,"我妈说,仍然在笑。"那样听来就很好,是不是?"

"我可不准备叫一个像他那样的孩子将军!"

"他是年轻了点,老兄。奥利弗,小伙子。你喜欢什么称呼?嗯?"

"我不知道。我希望……"

"我叫他'中士'吧。这样你满意吗,夫人? 你尽管说!"

"请不要管我怎么想,克莱默先生! 我只关心音乐。不过既然你问我,我觉得'上校'差不多。"

"上校! 嗨,上校! 就他这么个孩子?"

"注意了,诺曼老兄。"

"上校!"

"'少校'怎么样,老兄,嗯? 你喜欢做个少校吗,小伙子?"

"少校听起来不错。你觉得呢,奥利弗,亲爱的?"

克莱默先生走下三步阶梯。他的双手紧握成拳,垂在两旁,脸色发白,汗珠直冒,全身发抖。

"夫人,"他哼道。"你刚说了你关心的只是音乐。请你遵守你的诺言!"

我妈发出高亢尖锐的笑声。

"至少我还识谱,"她说,"不需要人一句一句地教!"

令人难堪的沉默。克莱默先生转过脚跟,慢慢走上舞台左侧,直走到角落处,鼻尖离布景画只有六英寸远。我站着,悲惨地看着手中的扫帚。伊莫锦仍然坐着,仍然脸带微笑,是那种有如巫师面对某种深邃的秘密而呈现的永恒的微笑。沉默延续着。

我妈突然走向钢琴,砰的一声关上琴盖,震得五音齐鸣。即使是在微弱的灯光之中,我还是能看见她跟克莱默先生一样浑身颤抖。

"跟我来,奥利弗!"

"去哪儿?"

"回家,当然是回家了。你还想去哪?动物园吗?"

迪·崔西先生走到舞台正中间。他以一种绝对理解的姿态,带着充满感情的微笑环视大家,从我妈颤抖的胸针一直到克莱默先生卷曲的黑发。可是没等他来得及说话,克莱默先生已对着布景哼哼起来。

"再也不干了。不,再也不干了!噢,我向你保证,再也不干了!"

我妈将琴盖向琴键上又一砸。

"我也向你保证,克莱默先生——再也不干了,绝对不干了!来,奥利弗!"

迪·崔西先生摇摇头,微笑着诱导说。

"艺术家——绝对的艺术家!嗯?好了,大家都罢了吧——小伙子们和姑娘们——伊莫锦,甜蜜的朋友!嗯?这样的事我见得多了——容易激动——只是朋友之间小小的口角嘛——嗯?"

我妈站起身,双手抓住琴上的谱架,朝舞台一侧看去。

克莱默先生继续哼哼。

"再也不干了,噢,再也不干了,绝不……"

"好了,妈——让我们结束这场戏吧!"

"伊莫锦,亲爱的夫人……"

"我饿了,诺曼。求你了,亲爱的!"

"绝对的艺术家……"

又是一阵长长的沉默。我妈突然以一种崭新的低音调笑出声来,然后又沉默着,凝视钢琴。

"好了,妈——他可以叫我——查理的姑姑,只要他愿意!"

迪·崔西先生朗声大笑,伸出双臂,满脸乐容邀请我们加入。

"现在我要再次威吓你们大家了。嗯?一定要。谁是导演?嗯?夫人?奥利弗?伊莫锦,最甜蜜、最亲爱的?诺曼,你这个老行家?你不能将一切都担在你的肩上,是不是!"

这次停顿短了一些。克莱默先生很快把头稍稍从布景那儿转开,瓮声瓮气地说:

"'上尉。'我称他'上尉'吧。'走开,上尉。'我这样说好了。"

迪·崔西先生将他的黄点台球转向大厅,微笑着。

"嗯?"

"这绝对与我无关,迪·崔西先生。我已被限制于只管音乐了。你们必须自己解决它。我一个字也不该说了。"

克莱默先生脚跟一转,双拳紧握,张开了嘴,不过马上又闭住了。他站在原地,茫然四顾。迪·崔西先生继续微笑,甜美而温柔。

"这就对了!好极了!大家都同意了!现在——喝几杯吧!诺曼?奥利弗?夫人们?"

"谢谢,迪·崔西先生。可是我不喜欢到那种地方去——"

我已经开始将扫帚放回市长客厅的门边,心中盼望一杯淡淡的苹果汁或姜汁啤酒,这时听到我妈的声音继续着,高亢而坚定。

"——我儿子也不喜欢去!"

那天下午,我在克莱默先生那儿取回了吉卜赛戏装、卫士的紧身马甲和短裤。拿到家里试了试,它们都小了点。尽管克莱默先生跟我差不多高,我却发现马甲胸口处非常紧,腰部却很宽松。我妈不得不缝上几褶,使它稍微合身。至于吉卜赛行头,那又是按某个身高只有我一半、胸围只有我四分之一的人定制的。所以那一件紫缎背心只能围到我的腋窝。整套行头中只有那顶红绒线帽可以撑大到勉强合适。这顶帽子装饰着镀金的玻璃珠穗,一晃头便叮叮作响。这令我苦恼不堪地想到,它会压过克莱默先生和我减了音的提琴。但是我妈说它们很合适。我试过之后便到车铺去取戟。亨利在那儿,身穿西服在办公室里。

"亨利,你好! 我的戟好了吗?"

亨利从办公桌上抬起头。

"啊,奥利弗少爷,你知道这是星期六下午,我们都不是悠闲的绅士,对不对?"

"噢。"

"让我们瞧瞧吧。稍等。"

他从钥匙板上拣出一把钥匙,从高脚椅上下来,走过水泥地坪。

在主楼里他打开一扇木门,来到一个内棚。我的戟躺在一张工作台上,用两块木头架着。

"啊哈! 真是件古怪的东西,真的! 你要用它作什么?"

"我要以它向克莱默先生致敬。"

亨利没说什么,我们并肩站着看那把戟。戟刃用铁皮打就,上了银漆,刃下一缕缨穗,戟杆涂了红漆。

我伸手去拿。

"小心! 它还没干,是不是? 什么时候演出? 我猜是七点半吧。"

"那我怎么办呢? 那时候你已经不在了吧?"

"最多来巡视而已。我们得把它放在一个你可以取得到的地方。你把垫木拿着,我来拿这个……"

我们极其小心地把戟搬出了屋子,来到那间敞棚。那里面除了道利什小姐的小双座车外,别无他物。我们把戟放在靠墙的水泥地上。

“好了，”亨利说。“你可以等到最后一刻再来取了，奥利弗少爷。”

“我大约到十点才需要它。九点半来吧。那是最后一幕用的。”

“那时大概就干了。我不能保证，提醒你一声。不过可能会干。你裤子上是漆吗？”

“不，我想不是。”

“老天，那就是人们称作‘牛津裤’的玩意吧，对不对？”

“叫‘牛津袋①’。”

“这样你就不必擦皮鞋了。倒是省事。好了，奥利弗少爷。你就等到最后一刻来取你的戟吧。”

“谢谢。”

123

我匆匆回家，发现我妈正在制作我的帽子。她仍然处于自我克制的状态，不过快乐而兴奋。要说有什么不同的话，就是与克莱默先生的口角增加了它们的强度。

“这儿来，亲爱的。试一试。”

我戴上帽子，它在头顶上就像一张薄煎饼。

“你的脑袋跟你爸一样，”她兴奋地说。“我得把那条箍带取下来。”

“我在哪儿换装呢，妈？”

“当然就在这儿啦！还能在哪儿？”

“我以为……”

“我们很幸运住得这么近。那个可怜的小斯密司就得走很长一

---

① 一种宽大的法兰绒喇叭裤，二十年代流行于牛津大学学生当中。

程了！那一身行头非湿透了不可！韦氏律师事务所把他们的接待室借给女士们了。当然了，上个星期之前她们还打算着用市长的客厅呢。我真希望不要再下雨。真遗憾，我们没有一座合适的剧院！"

"我得这样上街吗？"

"别犯傻了，奥利弗！"

"打扮得像个吉卜赛人？一个英王卫士？"

"来再试一下。我把箍带取掉了，不要硬往里塞，不然会擦伤的。噢，亲爱的。不对，我得在后面放几分。你有空去剃个头吧？"

"不！"

"你一点也不帮忙，是不是，亲爱的？我想起来了，我从屠夫那儿给你要了根绝妙的翎毛。丹福德先生最热心了。"

"这样怎么能上街！"

"我真不明白为什么你们两个男人不能更合作一点。一个是你爸——算了，别提他了。想一想哈维先生吧，从布司蒂德·埃庇斯科比那么老远来，还带着他的低音提琴在小车后面。明天还有一场布道会！你不难为情吗，奥利弗！你应当——哼，哈维先生年轻的时候，他一直是用自行车驮着那个低音提琴来的！有时候看见他从树林下山来，那低音提琴在他身后紧追着，我都替他提心吊胆。真的，看到他转过古桥我才松口气！每次斯城有音乐节，他都骑车来，穿过那片树林——不错，自从一车干草压在他身上之后，他是有一两年没来了。老萨皮罗喝醉了，我一直认为还算运气，他儿子马上用草叉把干草都挑上车。等他看见那把低音提琴，自然啦，他就知道压着谁了。"

"妈……"

"你瞧，恐怕我们得把它再拆大一点。我希望它装的是一脑袋聪明，亲爱的！不。某些人啊，老是出事。就像你，亲爱的！记得那一次你掉在钢琴里吗？当然啦,他现在是老了,实话告诉你,有点聋了。真是遗憾。星期四晚上他把谱架上的曲谱顺序搞混了,奏错了一支曲。幸好那两支曲子都是四分之三拍的——"

"它们都是四分之三拍的。全都是。"

"——所以关系不大。这一个'嗯、嘭、嘭'跟另一个'嗯、嘭、嘭'非常相似,是不是？唯一的麻烦是他奏了第七首而不是第四首,而第七首曲子比较长,所以别人都结束了,他还在那儿'嗯、嘭、嘭'个不停——说真的,奏了整整一节。结果你可以想象,亲爱的,听众还以为这是故意安排的,也就没有喝倒彩。克莱默先生的脸可是黑了。"

"是的,我可以想象。"

"好了,别管克莱默先生了,奥利弗！迪·崔西先生是导演,你听他的就是了。"

"他演什么呢?"

"什么也不演。"

"那他为什么穿成那个样?"

"他是个专业演员。从伦敦来的。你在牛津呆了一学期,怎么还是不明世事呢?"

"弄完了吗?"

"别不耐烦,亲爱的!"

"我受不了了!"

"不要像克莱默先生那样,亲爱的!你听见他最后说什么吗?"妈扬起鼻子,模仿克莱默先生的脸相,这样她的眼镜便闪烁起来——"'埃弗林老兄,今天下午我得躺着了!'可是……"她的眼镜越过帽子,冲着我闪烁起来。"迪·崔西先生眼光比谁都好。可以信得过。他掂得出那个家伙的分量!他知道,控制那家伙——他们一家子——的唯一办法是奉承。你注意到他是怎么竭力恭维的吗?"

"我注意到了。"

"当然啦,在他看来,我们一定是十足的业余水平。不过他总是很善意而快乐,并且最能欣赏乐队。我听到他告诉记者说,乐队值得特别表扬。他说他还从来没有听过这么好的演奏呢。不过因为是克莱默先生领导,我们大约只能跟以往一样,得加上一句'在某某某的指导下,乐队提供了尽职的服务……'只要这次他们把我们的名字都拼对就谢天谢地了!"

"这看起来差不多了,是不是?"

"我应当在后边加一段松紧带,这样那个开口就不会太宽了。你不会叫你的帽子掉下来吧,亲爱的! 实话对你说,我铁了心,决不让克莱默先生挑出一点毛病。他要想吵架就吵吧。但是我可不会应战! 说到底,一只手拍不响。再说,我们得给迪·崔西先生留个好印象!"

"他的膝盖很怪,是不是?"

"膝盖? 噢! 我知道你指的是什么了! 我还是个姑娘的时候常常叫它们'骑兵膝'。当然啦,克罗默尔勋爵①创办骑兵学校时你还太小。你一定不记得了。我不知道迪·崔西先生是不是参加过骑兵。"

"看来不像,是不是?"

"要是的话,我相信他一定也很出色!"

我妈乐呵呵地跳起身,亲自为我试戴了一下,然后递给我。

---

① 似指艾弗林·巴林(1841—1917),1901 年受封为首位克罗默尔伯爵。他从小受军事训练,后加入皇家炮兵,代表英帝国统治埃及 24 年。

"后面看来还不太牢靠。有点向上拱。"

"喔,亲爱的,你不能扶住它吗? 用一只手?"

"我得敬礼,还得拿着那个大——"

"奥利弗!"

"——巨戟!"

"那么我就缝上一根带子好了。你可以系在下巴上,就像你通常戴的水兵帽那样。我一直觉得你戴水兵帽好看极了。飘带上那'皇家海军雄狮号'几个字帅极了。那次我们在韦茅斯呆了两星期。你看见几个水兵,就走过去告诉他们说:'我也是个水兵!'"

"噢,老天。"

"把水壶坐上好不好,亲爱的? 我们今天吃一顿大点心。要是演出完了你还饿,回来后再饱吃一顿。自然了,演出之后会有咖啡和点心的。不过人们一般都不吃。大家都太兴奋了。这就对了,亲爱的。现在你最好练练提琴。"

"我不需要练。"

"你不愿意让克莱默先生挑出一点毛病来吧,是不是?"

"噢,好吧。"

"把那个分币拿掉!"

"克莱默先生……"

"我不是指正式表演,傻孩子。"妈又笑着说。"我是说现在。你不该让分币留在琴上,奥利弗。那对你的琴不好。"

"我没留在上面。"

"把它放在琴盒里!"

"我放在衣袋里了。"

"只要有就行。放在你的吉卜赛戏装里,我是说。"

"我最好去车铺看看那把戟干没干。"

"别去太久了,好吗?"

我走回放戟的地方,弯腰摸了摸,那漆仍然粘手,于是便没动它。亨利不愧是亨利,还在办公室。不过我走去问他,他也没有什么办法。这有点出乎意外,因为在我长大的过程中,已习惯地认为亨利可以解决一切难题。我慢慢地逛回家,发现妈已准备好了点心和新缝上带子的帽子。爸也在,沉着脸吃一块馅饼。妈没吃什么,而是喋喋不休地说话,来来回回地走动,步履轻盈得就像离地一尺高似的。

我心中油然生起对父亲的亲情感。

"嗨,爸? 工作还快乐吗?"

爸转过头,严肃地看了我一眼,然后又转回去,继续吃饼。

"你应当回答孩子才对,他爸!"

"巴赫①,"爸说。"亨德尔②。我最乐意的就是听那些胡拉乱奏了。"

"《多情国王》的有些部分非常优美,"妈说。"你也这么说过!"

爸抬起眼睛,一脸茫然。

"是,我说过。那是我第一次听到的时候。"

妈看着我换上了吉卜赛行头,指点我化了装。我的胡子特别难弄。随后他俩一起离开了乐池。靠近市政厅的街道上此刻是一副夺目的奇观。女士穿着宽大的裙撑,禁卫军戴着花翎头盔。还有一两个乡巴佬,飞快地从广场的一边跑到另一边,偷偷地爬进市政厅楼梯上躲着。这种场面让我胆壮了一点,觉得自己不会引人注目,于是拿着琴盒悄悄穿过广场。可是等我走到楼梯那儿,才看清

---

① 似指老巴赫(1685—1750),德国大作曲家、管风琴家。他的三个儿子也是著名作曲家。

② 亨德尔(1685—1759),英籍德国作曲家。

已无法爬上去了——那儿已被头盔和裙撑塞满。我想我该去看看从大门进去行不行,这么早想来不该有观众。我慢慢走过市政厅下的商铺,偷扫了海尔街一眼。我的心先是一下掉到了带扣的靴子里,然后又蹦到了喉咙口。

市政厅的大门口已排起了长队。我原先只是抽象地意识到人们会来看演出,但是此刻他们就在那儿,实实在在,真实无疑,活蹦乱跳。他们都认识我。凭借内心的坚定和极度的小心,我可能在街上与他们擦肩而过而不至于脸红得太厉害,或者跌倒。通常我希望自己,有时候是相信自己,是一个往最坏里说是被忽视的、往最好里说是个不显眼的人物。如今我意识到,不是在理论上而是在可怕的现实中,我要向这些实实在在排着队的人展示自己,还将以那似是而非的双音去刺激他们的鼓膜。我的双臂因这种可怕的前景而颤抖起来,身子不由得便缩回到市政厅的阴影里,以便多享受片刻柱子后面的安全感。那支队伍静静地伸入大厅的入口。我听到头顶上突然响起军士长奥多诺文的长号声。那是序曲。演出开始了。我急急跑回楼梯。那儿仍然堵塞着,而我又多了一份麻烦:我找不到可以放琴盒的地方。想到家里的客厅是多么安静和迷人,我便往家里跑,把琴盒留下,又跑回来。听着序曲完了,我一手拿琴,一手拿弓,开始往楼梯上挤。楼梯上到处是气愤和激动的人。他们既不理会我这个人也不理会我的乐器。我好不容易上到第一层的角落,然后被一帮演员挟带着冲上了第二层,丢在舞台边。到了这儿我才想起还没有把分币插入琴弦,于是又试图下楼去。这引发了一连串激烈的争执,尽管都是压低了的嘘声,结果全是我输。我本来可以轻易地凭借蛮力冲出一条路来,但是阻挡在前的障碍中有些是弱不禁风的女孩,而我不管怎么说又拿着提琴。我定了定神,决定用智。每当一张化了装的面孔伸到我面前发出嘘声,我便告诉它我需要一枚分币。有一枚分币吗？显然，整个人群中没有一个人带分币。有几个铁石心肠的人竟然还嘲笑我。然后，我的胡子又掉了下来。人这么挤，我无法弯腰拣起它来。我想把自己从头到脚伪装起来的最后一线希望于是破灭。我不再努力，而是听天由命了，站在布景后面等待克莱默先生给我发信号。此时一阵无声的可怕压力袭来。不是来自楼梯上的演员而是来自看不见的观众。我开始颤抖，双手僵在琴上，脑瓜里一片空白。

"我开始发觉这是世界上最迷人的地方！"

我跨着优雅的步子绕到布景前面，站在台上，眼睛被耀眼的灯光照得什么也看不见。

就这样，我站在灯光下只顾了眨眼，却忘了拉琴。观众里先响起孤零零的一下掌声，接着又是一下，然后汇成一片热烈的欢迎。掌声中还夹有一些低语。显然我被认出是他们熟知的药剂师的儿子。同样明显，他们认为我是一个合适的演员。我突然醒悟，街上的那些人早就注意到了我，并且认同了，或者至少是容忍了我的作为。于是我从害怕，甚至恐慌，走向另一个极端：自信。我昂首挺胸，就像一个地道的乐师，一个小提琴家，一个不仅仅拿了证书，而且也确实能够演奏的乐师，拉出了第一个和弦。我的手指似乎温暖而生动了。我拉弓的手臂放松而灵活了。我毫无疑问奏得跟安德海尔太太唱得一样响。一曲终了——我料到最后三个华丽的双音和弦我会拉得准确而高亢——掌声持久不断，压倒一切。我新生的自信和自制没有离我而去。我此刻更适应了灯光，看得见我妈坐在钢琴边上笑着点头鼓掌。我更为沉着地鞠躬致谢。当我挺起身子，一个钱袋忽地掠过我的脸，击在布景上。我再次弯腰，退下台去。观众中响起了顿脚声。

"再来一个！再来一个！"

我有足够的自知之明，见好就收吧。说到底，这是克莱默先生
的戏，我不想抢尽他的风头。身上的汗开始冷却，我钻出紧挤在楼
梯上的人群，以崭新的居高临下的姿态，一路温和而礼貌地朝每一
个人微笑。在去扮演那个英王卫士之前我有足够的空闲时间，几乎
是整个的傍晚要打发。我已意识到那最多只是一个反高潮场景。
更令我放松的是那个角色太容易了。不必弹奏，不必表演，只是装
点场面而已。下了楼梯来到外面，傍晚的空气令人神清气爽。我站
了一会，欣赏着一切正常的景物，回味着我的辉煌。

迪·崔西先生在一二码之外，斜靠一根柱子，一如既往，温和地
微笑着。

"去哪儿呀，小伙子？"

"我需要去换装。你为什么不在前台呢，先生？"

"我觉得站在外面，这儿——才能专心致志地倾听音乐。你碰
到什么困难了吗？"

"我没去接钱袋，事后才想起来。另外，假胡子也掉了。"

迪·崔西先生笑了，喷出一股甜甜的气息。

"有意思，有意思！"

他伸手从衣襟下掏出个瓶子，举向灯光照了照，发觉几乎空了，
便放回原处。

"我想我们俩可以溜出去喝一杯。你说呢，奥利弗？"

"我穿着戏装呢！"

"我也是呀。我可不可以不荒谬地装模作样叫你'小伙子'？"

"你听了我的演奏吗？"

"我听了。似乎是你忘了带分币。"

"实在抱歉。"

迪·崔西先生的双膝颤抖了。

"那可不会使你的情敌高兴的。"

"我的什么?"

"我们杰出的男主角呀。"

我默认了,仰头看着他。他回报了一个微笑,呼出的气息使我想起杜松子酒。我张了张嘴,但是很奇怪,却没有红脸。

"你怎么……"

"雄赳赳的脚步透露了那么一点点。还有那羞怯的崇拜表情。妙极了,妙极了!"

"我没有……"

"你的秘密在我这儿是安全的。"

"她不……"

他长长的手臂围上了我的肩头。我感到奇异的愉快和安全。

"她并不知道,是不是? 我想你的创伤该愈合了。"

"只要我活着……"

他揉了揉我的肩头。

"需要电休克疗法。"

"我没事,真的。"

"十个畿尼①和一张三等的回程票。我想我该满意了。当然啦,人心不足蛇吞象。逃避的需要是如此决绝,到了末了,十个畿尼的大部分……不幸得很,都进了坟墓。"

"哪儿?"

我看见他注视着皇冠小酒馆,顿时紧张地叫喊道:

"噢! 我得先换了衣服! 我可是本地人呐!"

"对这样的命运,奥利弗,我可以给你的唯一安慰,是一大杯杜

---

① 英国昔时的金币,值21先令。

松子酒。在你去为克莱默先生的那场戏做陪衬之前,你有足够的时间。"

"我记得你过去是叫他'诺曼'的。"

迪·崔西先生轻轻地点点头。

"是的,我是那么叫的,不是吗?"

"那么你不该在前台照料吗,先生?"

"我是在前台照料。"他低头对我说。"你知道的,是不是,奥利弗? 你可以为我作证,是不是?"

我兴奋地大笑。

"你可以放心!"

"叫我埃弗林吧。"

"像诺曼一样?"

"不是像诺曼一样,孩子,而是像我的朋友们那样。"

"老天!"

到了皇冠酒馆的外面,他拢着我的背,站下,看着市政厅,歪头倾听。

"就毫无声息这一点来判断,一定是克莱默先生在唱了。"

我咯咯地笑了,心里喜欢上他了。

"是的,是的,我的上帝!"

"是我导演了他们——自作自受——所以我对他们知道得一清二楚。特别是她。"

"凭什么?"

"凭萧伯纳①先生所说的'我自身的女性素质'。我自身就有许多女性素质,奥利弗。所以我知道。"

---

① G·B·萧伯纳(1856—1950),英国著名剧作家,1925 年诺贝尔文学奖得主。

"她很漂亮。"

迪·崔西先生笑着低头看着我,每一个字都像黄蜂的刺。

"她是一个愚蠢、麻木而又虚荣的女人。她有一张漂亮的脸蛋和仅足以保持微笑的感觉。嗨!你有三倍的——绝不要让她知道你的痴恋,那将刚好助长她的虚荣。傲慢无礼,那一对都是!不值十个畿尼,一百个,一千个……"

我张大了嘴,可是无话可说。迪·崔西先生松下了放在我肩上的双臂,很精神地挺直了身子。

"噢,到了。"

他推开弹簧门,审视着大堂。

"奥利弗,要是搬过那张椅子来,坐在那儿,我们就可以舒舒服服地歇在壁炉和那棵盆栽棕榈之间了。"

134

他穿过酒吧的门消失了。改变这间华丽大堂的布局似乎是件不可思议的事,但是突然而起的要改变一切的念头令我服从地搬过那张椅子来。迪·崔西先生回来了,手中端着两个盛满澄清液体的高脚杯。

"摆得好极了,你妈将会——不。那我就有点刻薄了。对不起,奥利弗,不过你知道,我……"他仰脸看着空中,仿佛能在那儿找到合适的字眼。"……我已经被折磨够了。"他递给我一杯酒,弯腰坐进了扶手椅。"连说也不好意思说是为了艺术。只是为了十个畿尼。你是第一个,实实在在第一个出现在这出荒谬的田园蠢剧里的'人'——当然,你妈妈一直是个例外。"

"她对你非常赞赏。"

"是吗?那真令人高兴。你爸呢?"

"他一向不多说话。"

"他就是——那个穿灰西装,以一种受压抑的灵巧拉小提琴的大个子吗?"

"是的。"

"他使用的是斯坦尼斯拉夫斯基①的方法。我还从来没见过更明显、更强烈的轻蔑表现。一言不发。眼睛只看乐谱。每一个音符都准确到位。压抑,压抑,压抑!这是怎么回事?"

"我妈把他搞成这样的。"

我试了一口酒,咳嗽起来。

"慢慢来,奥利弗。你会发现它能令人解脱一切。哎!我可真是畅饮过的人!"

"解脱?解脱什么?"

"从无论什么你要逃避的东西中解脱出来。"

我沉默了一会,审视封闭我生活的墙。蓦地,话语滔滔不绝地冲出我的嘴巴。

"对了。正是它——一切事情都是——邪恶。一切。没有真理,没有诚实。我的天!生活不能——我是说,就在那儿,你只需抬头看天——可是斯城将它当作屋顶,掩藏我们的身体、我们隐秘不说的事情、我们不敢提的事情、我们不愿见的人——还有那个我们叫做音乐的玩意——一派谎言!他们难道不明白吗?一派谎言,谎言!它们令人作呕!"

"非常好!挣了不少钱。"

我飞快地吞了一大口酒。

"你知道吗,埃弗林?我小的时候总是想那是我——是的,自然,有点儿——"

"有意思!有意思!"

———————————————

① 康斯坦丁·斯坦尼斯拉夫斯基(1863—1938),俄国著名戏剧表演家、理论家。

"令人困惑至极。你知道吗？就在几个月前，我——在那个山顶上睡了一个姑娘。几乎就在大庭广众面前。为什么不呢？有谁在这个——有谁做了什么更——更……"

我语塞了，觉得浑身颤抖，仿佛眼泪马上就要喷涌而出似的。

"有人看见了吗，奥利弗？"

"我爸。"

迪·崔西先生的双膝张合了一两下。

"你瞧，埃弗林，那就像是化学。你可以将它当作一种东西——或者可以将它当作一件物品……"

"什么像化学？"

"噢。生活。"

"那是一出令人憎恶的闹剧，奥利弗，由一个无能的导演制作。这个女孩，她漂亮吗？"

"相当漂亮！"

迪·崔西先生越过手中的酒杯看着我，两颗老台球眼一动不动，嘴角洋溢着温柔的笑意，下巴突出的脸庞显出一点滋润。

"真令人羡慕。"

"你不会要她的，埃弗林。那么多女演员——再说她只是一个乡村姑娘，出身杂货坊那样的地方。可是事后想起来，天知道我们……"

我顿住了，试图想出我到底要说的是什么——关于艾薇和斯城，我爸的望远镜和那天空，那些很容易向埃弗林说出的事情——既然一切都很容易向他倾诉。我瞥了他一眼，深情地一笑。他的周身显出一团薄雾，使得他在当中非常清晰可爱。现在我知道为什么他的瞳孔有斑点了。包围着它们的虹膜被他眼球上斑斑点点的黄色侵入，模糊了彼此的分界。

"埃弗林,我想要知道事物的真相,可是无处可寻。"

迪·崔西先生颤颤地吸了一口长气,笑意更浓了。

"真相,奥利弗?呃……"

"生活应该是……"

"可知的。"

他把一只手伸进胸前的口袋,拿出一个小皮夹。一边注视着我,一边拿出一叠照片,递给我最上面的一张。那层薄雾靠拢过来,浓得我不见其余。也许是因为我专注于凝视照片,这雾也跟其他东西一样视而不见了。迪·崔西先生把剩下的那叠照片塞在我的另一只手中,可是我的目光凝在了那张我能看见的照片上。那毫无疑问是迪·崔西先生。相片中的他要年轻一些,但那长鼻子长下巴绝对是他的。那瘦削的身材也绝对是他的。他戴的那一头黑假发披散着,垂到耳朵与肩膀之间,露出一截肌肉发达的脖子,裸露的右臂优雅地上举,左臂下垂在身后,组成一条斜线。那一套女芭蕾舞演员的服装与多褶的白短裙紧裹在身上,细腿微屈,双膝互为支撑点,以一双大脚为基点作跳跃状。女性化的装束使得他看上去更有男性气概。我哈哈大笑。

"这是什么呀?"

"只是为了说明一个观点,奥利弗。可知性。还给我,好吗?"

而我继续看那一叠照片。每一张都是迪·崔西先生,服装也都一样。有几张中的他被一个粗壮的年轻男子扶举着。在这些照片里,他们深深地凝视着对方的眼睛。我笑得直到喘不过气来。

"好了,还给我吧,奥利弗。"

"到底是怎么回事呢?"

"只是一出闹剧罢了。请还给我吧。"

"我还从来没见过……"

"奥利弗。还给我。然后赶快走吧。"

"让我们再……"

"别忘了,你还要去扮演卫士呢。"

"噢,真见鬼!"

"那也得去。"

我抬眼看去,惊讶地发现迪·崔西先生已经移开了身子,有几步之遥。尽管他仍然坐在同一把椅子里。

"我想……"

"我们不能让你妈失望。"

突然我想起来了。

"你是准备告诉我什么的,埃弗林?是什么呢?"

"忘了。我想不起来了。"

"有关真相——和诚实。"

"我一点也记不得了。"

"我是在告诉你有关这个地方……有关所有的事情。"

"我想你该去换装了。"

"是吗?"

"好了,走吧。"

"呃,我想起来了!"想到他的打算,我又放声笑了。"你是准备治愈我的创伤呢!"

他的脸飘浮过来,从模糊变为清晰。

"是的,奥利弗。作为一样临别的赠礼吧。好吧,等你敬完礼下了台之后,注意听二重唱。"

"好。然后呢?"

"就这样。只要你倾听。"

"好的。我会回来告诉你……"

"我不会在这儿了。"

"什么,你要到前台去吗?"

"我要——逃跑了。"

他突然间靠近我,伸出手,用食指敲着手表。我看见了时间,慌忙离去。我套上皇家卫士的制服,穿过广场来到车铺。戟已经差不多干了,但是非常沉重。我肩扛着它来到后台的楼梯。可是屋顶太低,我那个样子进不去。于是我放下它握在手中,向上走去。可是演员们在楼梯上站成了排,顿时,我和平的行进变成了愤怒的搏斗,一张张化了装的脸冲着我武器上的红矛吐出无声的咒骂。此外还有半裸的酥胸,猩红的嘴唇,亮丽的服装和一团团的躯干层层阻挡。一心惦记着演完这一幕好回到埃弗林身边去,我还是挺起了戟。我上到了第一个转角,却在第二个转角处停下了。事实再清楚没有了:我的戟是无论如何也过不去的。

如果说有什么区别的话,那就是拿着戟下楼梯比上楼梯更费时间,因为每个演员虽然愿意被逼近那个正上演着《多情国王》的魔术台,却冷酷地绝不肯离开它一寸,走向夜晚的寒气中。最终我下了楼梯,站在市政厅外,不知所措。我把戟靠在一根石柱上,跑到皇冠,可是埃弗林不在我离开他的地方了。我连帽子带脑袋一块伸进酒吧。

"米尼弗,看见迪·崔西先生吗?"

"他出去了。"

"会回来吗?"

"他最好是回来。酒钱还欠着呢。戏子们! 我还不知道他们吗?"

"他去了哪儿?"

"还不是到别家啤酒店呗。"

"我一定得找到他!"

"你找他干什么,小奥利弗? 老……"

"跟演出有关。出了问题啦!"

"噢。好吧。试试那个马倌们去的'奔马'吧。告诉他我要他付酒钱!"

"好的!"

"要是他不付钱就上了那辆末班车的话……"

"好的!"

我沿着海尔街朝古桥飞跑。"奔马"酒馆几乎是空的,但迪·崔西先生在一个小间里。他的背靠在酒吧台上,一只胳膊肘撑在上面。我冲进去时,他抬头看了一眼,然后开始从膝盖往上颤抖起来。

"埃弗林! 我该怎么办?"

真是奇怪,他居然能够保持那张苍白的脸微笑不变,而腰部以下的一切都在扭曲颤抖。

"埃弗林! 我的戟。在楼梯和后台相接的地方。我拿不去!"

颤抖使他蜷曲,把他轻柔的话语哆哆嗦嗦地倾入屋中。

"没法把戟拿进后台去。他们绝不会相信的。"

"我该怎么办?"

"那你就非得从前门走,是不是?"

这导致一阵突发的颤抖。在他的头顶正中,那一小撮粘了的头发突然间松开竖起来,就像一只角。

"那我就被人看见了!"

埃弗林先生什么也没说,只是一个劲地颤抖。他的胳膊下了桌子,又收了回去。我冲出"奔马",跑回海尔街,在柱边取戟,来到市政厅的大门口。我好不容易举戟进了门,来到黑沉沉礼堂,没有引起多少响动,沿着礼堂左侧的观众边上偷偷地走向琴方的绿粗呢大幕。我轻轻地掀开幕缘,试探地先将戟刃然后是戟伸了进去。我几乎是立刻就感到了轻微的阻力。嘭的一响之后,力消失。于是我先探过脑袋去,将戟朝前推。大幕之后有一盏亮的小灯,一把未打开的轻便折椅,一本画满蓝铅笔记号的《多情国》剧本。我收起双腿爬了上去。舞台的这一边在墙和布景片之间有一条狭窄的通道,一头是上了锁或是部分上了锁的门,通向市的客厅。朝那儿看了之后我才明白为什么我的戟遭到的阻力没完全消失,为什么响了那么一声之后,它就好像获得了一线微弱生命,又抖又颤地阻拦我的把握和冲刺。一个小伙子躺在黑暗过的另一头,背靠着客厅的门,头和肩紧贴着它,双手抓住离他胸膛二寸的戟缘。他非常不讲理。我想拉回戟,他又扭住不放,嘴里我嘟哝。

"可是,"克莱默先生蚊子般地哼道,"留下吧,殿下,我们并不孤单!"

我到底还是晚了一步。赶紧一抽戟,非常不幸那人也同时松了手。我庆幸没有仰面朝天倒进舞台去,也只有几英尺戟杆无意戳到了灯光之下。我于是在两块布景片之间转过身,跨了一大步,振作起了精神。我面对着伊莫锦,却看不到克莱默先生在哪儿。四顾搜寻,才发现他正在我前面,不过弯着腰仿佛在检视我鞋上的绳扣。伊莫锦扬起一条手臂,双眼冲着我冒火。

"走开!"

她的愤怒是如此令我讨厌,她的姿态又如此令人害怕,我只好鬼鬼祟祟地溜下舞台,双耳发烫。我甚至没有听到观众的反应。我把背靠在布景后面的墙上,诅咒自己忘了敬礼。

乐声响起。

我发现心脏没像往常那样,一看到伊莫锦的完美便跳得那么沉。就好像埃弗林站在我身边,好像他仍然抱着我的肩。身上的汗水干了。她毫不起眼地步入了一个我也能进入,事实上是我土生土长的国度。在那儿的风景里,乐符和一切音响都是可见的、五彩斑斓的,她却以无知而难看的步伐踏过。那不仅仅是因为她不会唱,而是她对她不会唱这个事实的无动于衷,甚至是故意这样公开地展示。她的音走得如此严重,以致那支本来应当像一列群峰一样参差激昂的歌被磨成了一排土丘。我倾听着,伴随着无形的埃弗林放在我双肩上的手,透过这一二重唱——如今是雄蚊与雌蜂的共鸣——我听到了他的声音:

一个愚蠢、麻木而又虚荣的女人。

这两个人的无知和虚荣使得他们配不上任何人,只有相互享受。这一二重唱是一个看穿他们的窥视孔,又是一帖医治我灵魂的丑陋止痛膏。我倾听了,于是我自由了。我又冲出潮水般的人群下了楼梯,奔跑着去找那个人,这一切都归功于他。但是他不在"奔马"酒馆,也不在海尔街另外的四家酒馆中的任何一家。我走回市政厅,心想他一定是在前台,等待着谢幕。

但是我错了,他在广场上。我从老远就看见了他,因为他几乎就在一盏钠灯下。他的双手抓住铁栏杆尖锐的顶端,悬着身子,蜘蛛般的细腿合拢着。震颤和抖动的生命仿佛只存在于它们之中,只有它们在动。他的脸侧靠着围栏,没有变化,依旧苍白,依旧带着温柔的笑容。他的腿不由自主地试探着前行,然后又缩了回去,仿佛想起把什么东西忘在身后了。

我在牛津的宿舍里常见到这种奇特的现象,马上明白了是怎么回事。显然他是不会去谢幕了。剩下的只有一件事可做。

"喂,埃弗林!"

他既没有认出我也没有注意我。我搂住他的肩膀,将他拉起来。他全身的力气此刻似乎都贯注在双手上,我不得不把它们从尖头铁栏杆上撬开。我半拖半抱带他沿海尔街而下。开往巴切斯特的末班车就在那儿,空空地等着。

司机兼售票的很不喜欢我们一身戏装的模样。

"他病了吗?"

"他不会生病的。"我笑着说。"迪·崔西先生怎么会生病。是不是,埃弗林?"

埃弗林没有回答。我把他弄进车。他眼下很驯服,身子轻若无物。我小心而温情地把他放在靠近门口的长椅上。

"这下好了!"

就像是在水中漂浮着一样,或者是已习惯成自然了,埃弗林把双手移向右脸颊,收起双膝,同时向右转了九十度。他就躺在那儿,紧紧地蜷缩着,他的脸,他的微笑,他的斑点眼珠都几乎没有变化,仿佛以这种方式看世界,跟用任何其他方式一样合适。车子发动了,震得他的身子也颤抖起来,仿佛斯城这异乎寻常的一景也只是一系列隐秘的娱乐活动中的最后一幕。

司机仍然心怀疑虑。

"我不知道他会……"

"没事。等他到了巴切斯特……"

司机响了铃,我才突然想到我只是假定而非确定他要去巴切斯特。于是我跟着车奔跑叫喊:

"埃弗林!嗨,埃弗林!你是去巴切斯特……"

可是班车越走越远,摇晃着上了古桥,吭哧吭哧地朝山顶的树林驶去。我转过身,犹豫着该不该回家去取钱给米尼弗太太。然而见到"奔马"的灯光已灭,这便决定了她只好等到明天。要是这钱会叫我穷困,我总是可以在下次见到埃弗林时,或者他写信给我时再讨回来。我走向市政厅,后门的楼梯那儿已空无一人。上去之后,发现舞台也空空如也,只有压低了的交谈声从大幕的另一边传来。我透过一个现成的小洞,看见演员、舞台工作人员、乐师和朋友们散立四处,喝着咖啡。他们围成几个圈子,看上去各自为一小团体,互不交流。我欣慰地意识到 SOS 至少要瘫痪三年了。我掀开幕布,走下去收获祝贺。

　　路标上写的是"斯蒂伯恩",看起来却十分陌生。记忆中的那
些"斯蒂伯恩"路标是与破裂的褪了色的黑字标志密不可分的。这
些标志老是歪斜着,有的还全然指着错误的方向。它们被高大的灌
木丛、接骨木、黑刺李或者枫树遮蔽着,所以只对植树篱和挖沟渠的
人提供并不需要的信息,在永远也不会来公共马车的泥路上默默等
待,慢慢腐朽。

　　这一个"斯蒂伯恩"在半英里以外便能看见。它竖立在汽车公
路旁,蓝底白字,让我立刻意识到斯城终于跟其他地方一样了。人
造卫星在从奥纽姆到巴切斯特的精确进程中,一定对它做了扫描或
照相。一小丛的房屋依偎在一条小河边——一个被汽车公路惊吓
了的地方,就像一个庄稼汉和他的马被一架直升飞机惊吓了一般。
我的双手自然地转动了方向盘,叫我不知不觉就滑下山坡,进入过
去的生活。果然那儿是古桥,弓着背,灰着身,毫不经济,一如许多
美丽的事物,既没有拓宽也没弄平整。我摇摇晃晃地开过了桥,一
路曲曲弯弯地开到小广场前面,然后停下车。我听了听心脏的跳
动,毫无异常。我曾有过永不回归的决心,在面对死去的东西时,我
的心至少应当会抽紧或破碎才是,事实却仅仅是一点温和的好奇。
此外就是几分谨慎和逃跑的准备,要是乡恋和怀旧之感太尖锐、太
刺痛,以至于不能忍受的话。但是我车上的窗玻璃将这个地方框成
一张张风景明信片。我可以由钢铁、橡胶、皮革及玻璃分隔和防护
着,从它面前穿越而过。

　　然而海尔街并非一如其旧。在右侧,从古桥至广场几乎已经被

水泥、橱窗玻璃和镀铬金属板吞没了。这是亨利的功绩,当然了。大字标志沿街而立:威廉斯车行、威廉斯汽车展厅、威廉斯农机公司。在那个如今为小河环绕的公园里,亨利改变了我们生活的例证更多。干草打捆机,联合收割机,拖拉机和树篱修剪机被涂成鲜明的橘黄色或蓝色,突出地显示着他的事业是多么昌盛。巨大的水泥管沿河排开,不久就会把河水吸干,以便亨利能够面朝并紧靠汽车公路。我继续前行,停在了加油泵边的水泥地坪上。一个被马克和索菲称为"汽油女郎"的姑娘朝我走来。她身材丰满,金发碧眼,一件套衫的左胸绣着"威廉斯车行"五个字。

"威廉斯先生在吗?"

她回答说,小威廉斯先生在伦敦,老威廉斯大概在办公室。于是我下了车。一站上水泥地,我的脚便又回到了少年时代:无处可去,无处可藏。我马上意识到这次访问是个错误。可是没等我来得及返回皮革、钢铁和玻璃的安全保护之中,身后便响起了喊声。

"奥利弗少爷!"

他热情而坚定地握住了我的手,久久不放,不是激烈地摇晃,而是缓缓地上下移动,仿佛我们是在悼念世间万物的悲哀一般。我于是有了时间观察。他的脸几乎没有变化——黑黝黝的,可能是被埃及或马拉喀什①冬天的阳光晒的——一脸苦相包围着那对哀戚的棕色眼珠,那种哀戚看上去老是像盈盈欲溢似的。只有他的头发变了。雪白如霜。

"亲爱的亨利,你越活越滋润了。"

"彼此彼此。"

"瞧你卖的车! 全是最棒的。"

---

① 摩洛哥城市,海滨胜地。

"噢,你准备换一辆吗?"

但是他越过我的肩头看到了我的车。他松开我的手。

"嗯,噢!"

一如往昔,他那一贯的模糊不清的声音,那种出现在音节的流动和跳跃中的对威尔士口音的拙劣模仿,仿佛一条小溪傍着山脚咕咕流动。

"我看得出来,有那么一辆高级的车,自然不用再换——哈!"我的脚放松了一点。这是我生平第一次因亨利的赞赏而得意。亨利的态度是他深信的人生原则的典型反映:成者王侯败者寇。这也是眼前的一切:柏油马路,玻璃,水泥以及机械所以会出现的动力。这种动力尽管不为人所喜欢或欣赏,却为人们理所当然地接受。他的态度中有一点点改变。他在盲目地敬重他并不真正理解的成功。我接受了这种敬重,双脚完全操纵自如了,由他引导着参观。我对那些震撼了固有的社会地位的东西不屑一顾,只在这幢建筑最老的那一部分里,在某种眼熟但一时尚未明所以的东西前停下了。这儿现在有了棕榈、盆花和柔和的灯光。置身其间的是一张转台。台上,黄铜的散热器熠熠闪光,车灯在熠熠闪光。陈旧的老式车轮装上了轮胎,敞篷收起,是一辆古董双座轿车。它旋转着,散发着一种只有贵族遗孀才有的无比高贵,一会儿向我展示着它的右车身,一会儿是它的散热器,以及它下面的牌照。

我失声喊道:

"彭斯!"

"她知道自己再也用不着它的时候,就让我们买下了。你可以想象,我们没法在价钱上斤斤计较。"

"那么说她死了?"

"道利什小姐过世——噢,差不多三年了。她安息在她所希望的地方,听得见管风琴的琴声。呵,一个好女人!"

我心不在焉地听着,同样草草地打量着这辆双座轿车,尽管装得全神贯注。我在忙着审视自己。这些感觉,这些情绪,似乎在一种更适合于棕榈、盆栽的奢华环境中,突然扩展……

"她安息在教堂的南侧,靠近十字形耳堂。我们觉得对她该有所奉献,有所——纪念。你会看到的。"

"这么说彭斯是死了!"

"你一向热爱她,是不是? 我记得清清楚楚! 你会去致意的吧。"

我从她车边走开,转身看着亨利。他的眼睛一如既往,清澈坦率却无法看透。人们永远不能看透或者看全亨利。我觉得自己全身都开始发热,仿佛我又成了个孩子。我感到了他的成人的权威力量。

"是啊,"我咕哝道。"当然会去。"

我移动服从的双脚,离开了他,大步走上弯弯曲曲的海尔街,走向广场。一路上满目新漆。市政厅的立柱洗刷过了,阳台漆成了闪亮的白色。在市政厅和教堂之间,广场中央的草地上,亨利的一部农机正在轰轰地工作着,所以它一半崭齐,另一半由骚乱的雏菊组成的椭圆在渐渐缩小。从前围绕着草地的铁链,连同立柱,已都成为废铁而消失。一幢幢屋子前的铁栅栏也消失了,不过在石基上留下了残桩。那些熟悉、歪斜、下陷、走了样的房屋,如今漆成了切尔西①蛋壳青色,有一扇门是亮丽的黄色。平心静气客观地说,斯城被打扮得漂亮了,就像年迈的老妇,被打扮了以见客人。草地与房

---

① 伦敦市一个区的名字,位于泰晤士河北岸。18 世纪此地出产的一种瓷器也以此为名。

屋之间,亮闪闪的汽车并排停着,车头压着人行道沿,仿佛就着水槽饮水的奶牛。我爸的小屋斜靠在医生的房上,不像个居处,而像夺目的乡村一景,能够入画但却无用。我卧室窗口懒懒地飘动的花布帘儿与我毫无关系了。只有教堂保持了原样,还是一身刻板的灰色。有人在练习管风琴。琴声伴随着亨利的机器的隆隆声叫我记起了此行的目的。我打开了墓园的停柩门,穿过灰色墓碑间齐崭崭的草地,一下就找到了亨利的奉献。那是白色的大理石。亨利确实没有吝啬。

我得到的第一个印象是一种无比的沉重。墓地长方形,填满了白色的碎石。碎石当中是个盛着蜡菊的玻璃盒。墓首是一块至少有一吨重的长菱形大理石。最令人心动的是大理石上雕刻的一架竖琴,栩栩如生,让我相信那根大理石弦一定会伴着管风琴的旋律而颤动。

我环顾四周,寻思自己该做什么。人是应当知道什么情况用什么礼仪的。那么我应当祈祷吗?人是怎样凭吊故人的呢?你要怎样凭吊剪过的草、砸碎了的大理石、管风琴飘逝的琴声呢?事实是,我为活着感到欣慰,欣慰中又有一丝内疚。我在一块较为朴素的墓碑上坐下,叉开双腿,凝视着竖琴下方雕刻的碑文,仿佛全神贯注于她的名字便是一种更高明的凭吊似的。

克拉拉·塞西莉尔·道利什
1890—1960

二十年乘三加十。不多不少。寿终正寝。[①] 然而这个名字和

---

① 典出《圣经·旧约·诗篇》第九十篇:我们一生的年日是七十岁,若是强壮可到八十岁。但其中所矜夸的不过是劳苦愁烦。转眼成空,我们便如飞而去。

这个日期在我看来,既没展现也不隐含更多的意义。我低下目光去看石块,仔细地审视那盒蜡菊。它看上去就像婚礼蛋糕的一部分,与环境极不谐调。只是当我在审视更近的地方——目光垂得更低,几乎是从我的双腿夹缝中看下去——我才领会到了亨利的奉献所含的真意。那是小小的五个字。它们被置放在石块的底部,确切地表达了他适度的自信,他的地位感:谁有什么资格做什么样的事情。坐在长满地衣的墓碑上,面对着的白色的大理石,我陷入一种回忆的晕眩。它们其实不是亨利的话,也不是彭斯的,尽管她常常引用它们。那是她父亲的话。我沐浴在阳光里,苦笑着,回首往昔,隐隐约约回忆起他来。

那是老道利什先生。他是怪人当中被孩子们视为奇观的那一种。我们斯城有不少这样的人。有一个是畸形痴呆,坐着轮椅。对他我不觉得可怜,因为他是一件东西,如马槽,或者斜靠在市政厅石柱上的字迹漫漶的石碑。还有一个是怪异的女人,穿好几条裙子,一顶大帽子缀满了枯叶,于是看上去像个上了年纪憔悴不堪的奥菲丽亚①。彭斯的父亲,老道利什先生看上去并不像这两个那么古怪,不过当然啦,也很引人注目。他是个不成器的音乐家,据说作过曲,实际上开乐器店,帮人调钢琴。从我们小城复杂的沧桑交替中,他不但继承了这个店,还有一所房子,与我爸的小屋隔广场相望。他继承了一点钱,再加上其他不动产,使他绝对地令人尊重。他一直在教堂弹管风琴,直到彭斯长大成人接班为止。但是他大部分时候让一个招人厌的女孩管店,自己串街走巷,或者更准确地说,在大

———————————

① 莎士比亚戏剧《哈姆雷特》中波洛纽斯的漂亮女儿、哈姆雷特的情人,后来发疯投河而死。

街小巷狂冲直撞。他是个瘦小的男人,老穿夹花条纹布的衣服,一头直竖的白发在一张极其艺术型的脸上飞扬翻滚。他老是仰脸观天或侧目旁视,仿佛一脑子的绝对完美。在这种完美面前,世人皆是垃圾。时不时地,他在大街上横冲直撞,双手高扬,就像贝多芬在脑子里酝酿暴风雨时那样高喊,或者毋宁说是像乌鸦似的大叫:

"啊——哈!"

也许是一认识到自己全然没有才能,他便决心至少做一次《大师的生活》里描述的那种第一流的表演,或者把自己变成德拉克洛瓦①笔下的一幅浪漫音乐家的肖像。我后来知道,他崇拜新女性、瓦格纳②和斯顿代尔·贝内特③,但是看不起萧伯纳先生或者年轻的霍斯特④先生。因为他有财产,斯城便心安理得地相信,他那一切古怪的行为都是跟艺术保持联系的应有的方式。我第一次注意到他是在我还很小,坐在童车中由保姆推着从古桥沿海尔街向广场行进的途中,吸引我的是一个拐角上的一个乞丐和一辆破烂的小童车。车里的东西远比一个小孩更令人兴奋———一管弯弯的绿色喇叭,有如一张突出的大嘴。他一手摇动其下的把手,另一手端着帽子。走近之后,我们听见喇叭里发出极其动听的声响——呜哇呜哇呜!我放声大笑,闹着要挣脱身上的安全带,去加入那一群围着他欢跳的孩子。这是不可能的,当然了,因为那是个公共场合,而孩子们又都衣衫褴褛、肮脏邋遢。但是我只来得及哀叫了一声,更令人兴奋的事情便接踵而至。道利什先生从教堂那儿跨过广场冲了过来,一杖在手,艺术家型的白发飘扬,冲向欢跳的人群。乞丐将伸出

---

① E·德拉克洛瓦(1798—1863),法国浪漫主义绘画大师。
② W·R·瓦格纳(1813—1883),德国大作曲家,毕生致力于歌剧。
③ S·贝内特(1816—1975),英国钢琴家、作曲家、指挥家。
④ G·霍斯特(1874—1934),英国作曲家。

151

的帽子从我保姆身前移往新的方向。道利什先生像只白嘴乌鸦般地哇哇叫着，手杖朝唱机的转盘戳去，黑色的碎片顿时四处乱飞。欢跳的孩子们尖叫，欢笑，拍手，继续蹦跳。我的坐车缓了一缓，然后保姆猛然加速，紧贴着人行道的内侧，匆匆走过人群。我自然在束缚中扭转身子，试图尽力延长欣赏那幅风景的时间。在这留给我的几秒钟之内，我发现懒洋洋、暖洋洋的街上一下充满了人：莫尔从五金店、丁布尔小姐从女红店、帕特里克太太从甜品店、三个男人从服饰店出来，铁匠夹着冒烟的马蹄掌站在半身高的门边。这些人聚成一堆，当中是一头飘扬的白发。再也听不见呜哇呜哇的声音了，有的只是白嘴鸦的呱呱声和小孩子的叽喳声。

你可能会奇怪，作为一个三岁的孩子，我怎么知道这些人、他们的名字和身份。要知道，一个小孩的视网膜就是一架完美的录像机，只要给予有趣或兴奋的刺激，它就能留下不可磨灭的印象。当时我既不知道他们的名字，也不知道他们的身份。但是我后来见过他们无数次，将他们与我脑海里的印象反复比较。是的，它们还留存在那儿。我将躺在不知哪个角落里的那些印象取出，根据记忆排成两叠：一叠是原始的、不明究里的感觉；另一叠渐渐复杂，显示出马蹄形钉掌正在冷却，我自己的白鞋是小羊皮做的，道利什先生是个饱受挫折的人，思想极端，行为激烈，眼高手低酿成了他的悲剧。

我也保留了彭斯早年的印象。我看惯了这个女人身着异乎常人的衣服，以弹性的步子沿着广场另一侧步行到教堂的景象。今后我自然地会在她那里学一些音乐。

我说"一些"是有原因的，因为我爸深信，音乐这个专业是危险的，浸淫得太深，我就会陷入一种不堪描述的浪荡的艺术家生涯，最终或许就成了摇着唱机伸出帽子乞讨的人。

尽管常常看见她，我第一次正式拜见彭斯乃是我六岁时的事。

我是跟我妈一起去的,跨过广场来到她独住独教、离她父亲的乐器
铺一百五十码的住处。我妈盛装打扮,戴了手套和帽子,大衣的领
子直伸到下颌。她打开前门让我出来,又打开铁门让我通过。我们
跨过鹅卵石人行道。她弯下腰,解开一节铁链以便我们进入那块方
形草地,然后又将链子挂上。在我眼里,那无人造访的草地看上去
宽大得就像夜里的大草原——时值晚秋,广场四周的钠灯又照不到
中央。在草地的另一端,她解下了又一节铁链,走出去后又挂上。
我们走过又一片鹅卵石,打开了彭斯的铁门。我妈叮叮地按响了门
铃。我左手提着躺在天鹅绒琴盒里的四分之一大小的提琴,目光低
垂。门打开时,因为害羞,我第一眼看见的只是彭斯的脚。走进屋
子后,我能看见的也并不多,因为屋里太黑。她的鞋普普通通,但是
厚重。大人在我头顶上寒暄着,我观察了它们一会儿。等眼睛对门
厅里朦胧的亮光习惯之后,我胆子大了一点,慢慢抬起头,第一次这
么近地打量彭斯。我看到一条严肃的灰裙子,腰部紧紧地扎了一条
皮带,其上是一件黑白条纹的衬衫,袖口和领子收紧,胸前是一条棕
色领巾,别着一枚硕大的胸针,上面缀着丑陋而廉价的棕色和黑色
的宝石。

深棕色门厅的右侧中间是一扇深棕色的门。门边有一张深棕
色的木制高背扶手椅。我把帽子、手套、围巾和大衣放在椅子上后,
三个人跨过那扇深棕色的门,进入一片不带一点棕色的黑暗。我能
够觉察到的只是两点互不相关的微光。一个暗红点,虚浮在下;另
一个深蓝,高悬在上。彭斯的脸凑近蓝点,将它扭亮成白炽,于是照
亮了黑暗但并没驱走黑暗。她的脸上既无红也无白,只有灰黄配上
高耸的颧骨、无睫毛的眼帘和光秃秃的眉骨。她看上去更像中国人
而不是欧洲人,更像是中性而不是女性。在那个年纪,我判断人是
男是女只凭他们的衣冠。而彭斯身上唯一可以判断她为女性的是

那条裙子。即使她那鼠毛般的头发朝后梳起，挽成了一个髻，那也算不了明确的证据，因为那个髻是那样扁平，在我的高度几乎看不出来。当我默默地打量她时，我听到了门在身后轻轻关上了。我凝视着凸窗的微光，听见我妈的脚步走过鹅卵石。回头看彭斯，她正在墙上的某种物架上郑重其事地搜寻什么。于是我转而开始打量房间。黑暗仍然在咝咝作响的汽灯光亮背后到处蜷缩着。但是——正如我后来发现的那样——即便在白天，日光也只能从发黄的薄纱窗帘透射进来，因而暗淡无力。就算没有窗帘，日光也只能照及屋子的一半，因为有一架巨大的钢琴挡在半途。它张嘴露齿，狰狞地冲着窗帘，仿佛给予机会，它就要咬它们一口似的。它还带着我在别处从没见过的附件：一套完整的管风琴脚踏键，一条与之相配的长而平滑的琴凳。琴盖上有破琴谱、断琴弦、提琴、书本、灰尘、稀奇古怪的叫不出名堂的东西，以及一尊大胡子男性半身雕像，堆得几乎触到天花板。我后来才知道那是勃拉姆斯①。钢琴的另一边的黑暗中是那个红点，冒出的烟几乎跟彭斯吐出的一样多——我审视房间的时候，她已从一打烟斗中挑选了一个并装上了烟。她坐在琴凳上点燃了烟斗，一吞一吐，袅袅的烟雾融入本就充满灰尘和霉臭的空气中。我再次扭过头去看物架，又看了看物架上方，那儿有一张一个女人头戴帽子身着礼服的棕色大照片，另一张是一个男人阴沉地越过我的头顶凝视着室内的棕色大照片。我回望彭斯，因为她开始在吞吐之间断断续续地说起话来。

"没有——什么东西——像烟这么——令人惬意。"

她一说完这句话，就将烟斗放回物架，又点燃了一支香烟。她取出我的琴和弓，给我指出哪些部分不许我用我油腻的手指去碰。

———

① J·勃拉姆斯(1833—1897)，德国作曲家、钢琴家。

然后她开始将我摆成拉提琴的正确姿势。当她弯下身子时,烟雾使她的双眼又眨又转。

对音乐家来说,如果他们不准备对自己残忍,那就必须由别人对他们残忍;而没有什么比这种拉提琴的姿势更残忍的了。左臂弯曲,僵硬的胳膊肘内扭,手腕回转以便小小的手指能自由地在所有的四根弦上活动——只有这乐器发出的悠扬的乐声才证明这种痛苦值得。要是你发现一具骷髅被扭曲成这个模样,你会以为它是柔道高手掌握中的一个牺牲,正要被扔出去。可是我们没听到任何悠扬的乐声,不管是从我的还是彭斯的提琴上。彭斯只是把我小小的身体当作一具人体模型,粗暴地将我的周身关节扭来扭去,煞有介事地又推又拉,折腾了一阵之后才醒悟地往人体模型手里塞上了我那把尚未调过的乐器。

来得快,去得也快。我刚被她摆好要被音乐柔道大师摔出去的姿势,马上又被她解放了。我的琴——我们在布里斯托尔①商场买它时,这个小玩意非常艳丽可爱——被重新放进了它的棺材。彭斯穿上一件男式外套,戴上软帽。我也手忙脚乱地对付着我的包装。然后她领我回去,穿过重重栏杆、门和铁链,来到我爸的小屋。两个女人一致同意我将来应当有足够的勇敢独自往返。彭斯临走时留下我做练习的指示:每天摆一次那一副柔道姿势,左臂扭曲,下巴低垂,肩膀上耸,随后放上那把仍然无声的乐器。

星期五,我钻过一道道铁链,跳跳蹦蹦地穿过草地,来到那暗淡的门厅,遵嘱敲了敲琴房的门。彭斯送出一个大女孩,领进了我。这一次,经过几个回合的柔道训练,她调好了我的乐器,让我在空琴弦上来回锯。作为奖励,她拿起自己的琴,拉了一段给我听。有时

---

① 英国城市,离伦敦 120 英里。

她手指按错了位,于是我便发笑,做鬼脸。彭斯低头看我,一脸秋霜就像她的裙子,直到我也严肃起来。她让我分毫不差地模仿她。

"重来,奥利弗,重来!你不知道你走调了吗?你必须用心听!"

有时候她会抓住我的手指摆弄。一滴眼泪立刻沿着我的脸颊流下,落在提琴咖啡色的清漆上。

"怎么啦?不舒服吗?"

她起身走开,站在两码之外,压低了嗓音表达她的不悦。

"你想去,是不是?"

是,我想回去,但是我不敢出声,只能默默地点头。彭斯便忙了起来。她飞快地拿掉我的琴,伸手到阴影里取出一支蜡烛,在煤气灯上点燃了。

"跟我来。"

我跟着她,但是她既没有帮我穿外套和围巾,也没有带我到前门去,而是走进门厅,然后走上黑而陡直的楼梯。在那儿,烛光便成了萤火。我们走过一条长长的楼道,两边都有不少门,有的开着,露出光光的地板和暗淡的窗口。楼道尽头有一步台阶和一扇玻璃门。彭斯打开了门。

"到了。"

她递给我那支蜡烛,在我身后关上了门。我胆战心惊地向前跨,看见一个咖啡色的陶瓷马桶,边上有一个把手。一根铁管笔直高耸,穿过天花板。我听见身后彭斯雄壮的脚步重重地在楼道里远去。我背靠墙壁,竭尽全力只注意蜡烛的火焰。我现在明白了我是如何错会了她的意,她又是如何错会了我的。可是我无力纠正,只有将错就错。我呆在原地,背靠着墙,黑暗和孤独在我的皮肤和毛发上结成冰霜。蜡烛渐烧渐短。

最终,远远传来她恼怒的喊叫。

"奥利弗!"

我跳起来拉动了那个把手。几秒钟内毫无动静。然后,屋顶深处当啷一声,水哗哗而下。隐而不见的管子嗡嗡冲着我怒吼,水花四溅。我冲出门去,连滚带爬下了楼梯,沿着楼道飞逃。彭斯在门厅里,身旁站着一个刚到的大男孩。她从我手里接过蜡烛。

"今天就到此结束,奥利弗。练习那些曲子。星期二再来。"相隔两码,她冲我弯下身,当着那个不知羞耻地旁听的大男孩说:"记住,下次去过了再来。"

就这样我全力走上了业余音乐家的道路。星期二之后是星期五,星期五之后是星期二。这样我妈也就能跟有限的几个熟人交谈时炫耀我的新身份。

"奥利弗进步真快,"她会这么说。"他热爱道利什小姐——是不是,亲爱的?"

我会腼腆地同意。在我们的社交圈里,如果做父母的说儿女热爱彭斯,而你不表赞同,那就不讨人喜欢了。这就像是我们生活中的一块石头一样,真实,坚硬,无可否认。当我发觉自己正在计算三十分钟等于六十秒乘以三十,等于一千八百秒时,我将它看成是我人品堕落的证据。我在课前的那个小时不断看钟,非常注意在走之前"去"一次。

就这样我认识了彭斯,老是在她雄赳赳地沿着广场去教堂,或者雄赳赳地回来的时候,隔着广场观察她。如果她不在教堂,每半个小时就有一个男孩或女孩走进琴房凸窗边的门里。确实,彭斯勤劳,真的很勤劳。恐怕正是因此,她才养成了个有趣的习惯。我发现她的这个习惯纯属偶然,不过此后便小心地尽力培养它。如果你犯的错误显而易见,彭斯就会怒气冲冲地纠正。但是如果你将它保持在差强人意的范围之内,而这范围又是令人吃惊地宽大,她的眼皮便会低垂,下巴上抬,坐在琴凳上昏睡过去,一支香烟悬吊在半张的嘴上,身子像个陀螺般摇摆、颠晃、转圈。直到失去潜意识的平衡,或者是她忠实的学生犯了错误,她才会蓦然惊醒。这对达到精确或许是一种激励,但是,这种激励并不足以治愈我日益增长的厌恶:既厌恶那小小的提琴,也厌恶冗长沉闷地演奏。因此,随着时光的流逝,我经历了一系列的危机。每一次彭斯都羞辱我,拿我无忧无虑的生活跟她这个正宗的音乐家的苦难的少年时代作比较。至少有一次,她提早打发我回家作为羞辱,因为我没有正确地写出一段曲子。

"如果你只在上课的时候才用功,我就不再教你了,"她说,脸色像她的裙子一样严肃。"我要告诉你,奥利弗,我做小姑娘的时候,我爸让我抄写赋格曲,用不同颜色的墨水注明不同的声部。要是写错了一部,啪!戒尺就打在我的手背上!"

于是我就离开了,试图消磨这惩罚性的半个小时,跟着那个用长杆点亮广场上四个煤气灯的家伙转。随着时光流逝,这些道利什家庭生活的片段便融为一幅阴暗的画面:啪!戒尺打在手背上——嘭!管风琴房里泻出一片音乐——噗!肋骨上挨了一肘锤——我眼前生动地出现步履仓促的道利什先生,他那只随时准备出击的手,那对凝视着绝对完美的眼睛!真的,有时候我穿过我家与她家之间的那一层层钢铁障碍时,常常疑惑她会不会让我进去,尤其是当我的缺点和错误——实在是我的恶作剧——超过了她的应付能力的时候。幸好这种事从未发生。

我的音乐教程的首次中断发生在参加初级提琴演奏考试的时候。我们要接受一连串的考试,因为除此之外人们实在无法判断我们是否能演奏。一旦通过,我们会买到——或者说我们的家长会替我们买到——一张证书。它可以被装上框挂在墙上,或者被放进抽屉,作为人生战场上的一项武器。这次考试成了一个转折点——此刻回首往事,似乎是它导致了随之发生的一切。

首先,那是我第一次坐汽车。我要坐的这车几乎跟大客车一般大。它停在鹅卵石路上,紧贴着彭斯家屋前的铁格栅。我们这群孩子围在这儿集合。阴暗的冬天已经过去,此时阳光灿烂。我们兴奋不已,叽喳不停。一个男人站在车旁。尽管那时我以为他也不过是个大孩子,我可以再次依赖我孩童时代的瞳孔,取出并比较储存的图像。他是个瘦削的年轻人,中等身高,一张小黄脸,眼珠滴溜溜地像是在油中滚动。他身穿油光光的蓝套装。是他让我知道了用脸表达一种意思、用声音表达另一种的方法。他看着手中的一张纸条,说这幢房子绝对不错,可是按了又按门铃,无人应门。他必须见到道利什小姐。他不认为我们当中某个人就是道利什小姐,对不对? 他脸上的表情非常悲哀,而他的语调却是乐滋滋的。他立刻便赢得了我们的好感。我们都知道彭斯的长相。他的悲哀,我们的欢快,彭斯的雄赳赳气概这三者的不协调几乎让我们笑得打跌。但是没等这种交流进一步展开,屋前铁栏前鹅卵石人行道上就传来弹性的脚步声。彭斯到了。那男子戴上蓝船形帽,伸手抬了抬。彭斯占据了距他两码的位置,双脚并拢,双手微抬,肘尖朝后,解释说她被教区牧师留住了一会。年轻人打开门。她命令我们上车。等我们都就坐之后,她笨拙地攀上驾驶座旁边的座位,我们就上了路。车厢鸦雀无声,两个大人在前座也默默无语。但是开出斯城一英里之后,一个女孩晕车了。这个意外打破了僵局。当我们行进在长满蔷薇花和野胡萝卜的田野之间时,前座开始交谈了。年轻人的嗓音中有一种清脆柔和的节奏,非斯城人所有,且应和着他脸部表情而变动。它的音高升降极快,流畅而柔和,就像出自一件乐器。是的,他来自威尔士,加地夫①。是的小姐,他偶尔也唱一点,是个男高音。他和小伙伴聚会时总要唱几句。现在看来这么快就了解了他似乎有点不可思议——我们知道了他穷,辛勤工作,渴望进步,热爱音乐,又是一个一级技工。我们还从异乎寻常地健谈的彭斯——我们熟知却从没想到她会如此——的口中知道,斯城没有汽车铺,只有一个自行车铺和铁匠铺。我们必须租车去巴切斯特,因为尽管可以坐四点的公车回来,但是去的公车除了有集市的日子外,只有下午两点的一班。年轻人说他希望自己能像小姐她那样真正地懂音乐。他希望能进入巴切斯特市合唱团,他们正准备在大教堂演出《圣保罗》②。他同时充满激情地唱了一句:"如今我们是基督的使者!"

彭斯低下头,斜眼一瞟,宛然一笑,轻轻地拍打着两只羊皮手套。

"哎,先生……"

"叫我亨利,小姐。"

"你的男高音还挺柔和、挺出色的呢!"

"谢谢。小姐,"亨利说。"这句话出自你这个真正的音乐家之口,我真感到无比荣耀! 我要告诉巴切斯特的人,那样他们就不得不让我参加合唱团了。真的,生活要是没了音乐那还行吗?"

"音乐,"彭斯说。"啊——"

这个"啊——"不是道利什先生乌鸦嗓吼出的那种,而是柔和得多。她还加了一句,让人听起来好像我们不是在汽车里,而是在教堂里似的。

"我爸总是说:'天堂即音乐。'"

---

① 英国威尔士东南部港市,威尔士首府。
② 门德尔松所作的清唱剧,作品36。

亨利使劲点着戴着船形帽的头。

"你知道关于戴·埃文的故事吗,小姐?他进了天堂,那儿是一场合唱。五万个女高音,五万个女低音,五万个男低音,只有戴·埃文唱男高音。他们刚开始唱《荣耀归于上帝》那一首,指挥便敲着桌子喊'停',说道:'暂停一下。高音小一点,戴,好不好?'"

这个故事深深地打动了彭斯,就像亨利的第一个问题打动了我们一样。她摇晃着,叽叽呱呱地说着,举起一只小羊皮手套拍打后脑勺的头发。但是等她平静下来之后,我看到亨利也开始颤动,伴随着压抑的咳嗽,喀、喀、喀。

"对不起,小姐,"他停下咳嗽后说。"我想那当然是一种夸张。现在说正经的,小姐。这一趟是我半天的工作。所以只要你付这车的费用——像汽油什么的——你们在巴切斯特完事之后,我可以再拉你和这些孩子回斯城。"

这打破了我们后座的沉默。我们异口同声叫她答应。她笑着代表我们答应了。我们穿过巴切斯特市郊,驶向全球旅馆。

这场考试将影响到我跟彭斯从此以后的关系。我最后上场,将一小段巴赫演奏得荒谬可笑——嗒嘀嘀嗒,嗒嘀嘀嗒——面对我制造出的骇人声音,我悲从中来,可怜兮兮地放声大哭。随后我抽泣着又奏了一曲,手指个个到位,音调还是刺耳难闻。最后我嚎叫着,以毫不思索的坚决判断种种音程。事实却是,考官尚未奏完一个音程,我就说出了他奏的第一个音是什么。我是太迫不及待地要结束这场考试了。

"没什么可哭的,"他说。"另外,我觉得你似乎有绝对音高①。"

---

① 原文 absolute pitch,可以照字面解释,说他哭得响亮,也可指对音高的绝对判断能力。

就这样我啜泣着出了场。眼泪干时,又到了上车的时候。

这一次亨利大谈汽车。

"你应当有一辆自己的小汽车,小姐。女士们如今差不多都开车了。"

大家都沉浸在旅行的快乐之中,而我则沉浸在适度的自豪之中——我是唯一引起轰动的考生。直到过了古桥,走上海尔街驶向广场时,我才注意起这个年轻男子说的话。

"真的,一点也不麻烦,小姐。我会留意的。有好价钱就告诉你。我可以很快就教会你开车,小姐。那将是我的快乐,小姐。"

我们在凸窗前的铁格栅旁停下。亨利匆匆地忙碌、轻轻地咳嗽着,让彭斯下了车。她清点了一下我们。

"米莉,你要走好长一段路呢。先进来喝杯牛奶,吃块点心吧。先生……"

"叫我亨利,小姐。"

"谢谢你的好意。你一定要喝一杯茶再回巴切斯特。"

我匆匆跨过草地,走向我爸的小屋,没有回头看,所以不知道亨利是不是答应了。我告诉父母我是唯一哭了的人。他们认为这是晕场,尽管我不该如此,看来我不适合参加音乐考试,证书就不必考了。他们还判决说,既然不可能把音乐课全部停掉,那就为将来自娱而学吧,也别管这种动机是多么不纯了。从此我拜访彭斯的目的就变了样。学生动机不纯,哪能指望她认真教呢。她更频繁、更长久地打瞌睡。只要醒着,她就唠叨,有时候会说上十分钟而不奏一个音符。我总是找理由点头奉承。我不能有异议,不能。这种曲意奉承变成了一种紧箍咒。

亨利·威廉斯在盛夏时又来了。他驾着一辆双座带高布篷的小汽车在格栅旁出现,载上彭斯后又走了。过了一个星期,教练了她几次之后的一天，我提着琴走去，跃过围绕崭齐的草地的铁链，傍晚时分雀蛋蓝的天笼罩着玫瑰色的屋顶，那辆双座车停在鹅卵石人行道上，亨利谦恭地站在边上。道利什先生冲出前门，又拉开铁门，一头白发飞扬。

"纯粹是糟蹋钱！"

我提着琴盒站在那儿，抬头看去。道利什先生转过身，冲着人行道上十码之外的凸窗大喊，仿佛它就是个人似的。

"你已经得到了你的音乐，是不是？"

彭斯走了出来。

"进去，奥利弗，开始练吧。"

她马上也跟了进来，粗声地喘着气。

要不是我妈那非凡而敏锐的洞察力，关于彭斯、老道利什先生和亨利的进一步故事我就只有靠猜测了。像我们广场上所有的女人一样，她也是个老练的侦探。她们这些女人既不满足于用铁格栅围在门前，也不满足于用弹簧锁锁上大门，她们还用窗帘将窗户遮得严严实实。站在这些窗帘背后一码开外，她们送出一种我如今会称之为雷达波似的东西，捕捉别家的隐私。有趣的是，这种波在一定程度上能穿透一切窗帘，而这些女人却都以为别的家庭都隐约可见，唯有自家不会被别人看穿。男人们有更大的活动自由，但是在感觉上要迟钝笨拙些。尽管如此，他们能给家内训练有素的侦探带回有价值的证据。于是，每顿饭就成为一种质讯，最终拼出一幅图像。饭后，我那瘦小的妈妈也许会在我家的薄纱窗帘后面站上半个小时，观察一顶新帽子、一场约会、一个姿势，甚至一个表情，去挖掘隐含的意义。

"那是埃略特姑娘。她是到桥上约会小托马斯的，因为她妈还在医院里。"

除雷达之外，我妈还有一件秘密武器。那就是我。我不仅能每星期两次打入彭斯的家，还被用来刺探更广泛的区域。我常常有机会帮忙将一瓶瓶药水或一袋袋药丸送到这家那家。我妈从我的往返之旅中挖掘信息的兴趣到底有多深，我一直都不清楚。我就像一个星际探测器，跟那机器一样，对自己的使命懵然无知。我记得在亨利教彭斯开车的那些日子里，有一天我送一个包裹去彭斯隔壁的韦氏律师事务所。我走进一条空无一人的过道，正在不知所措的时候，一个低沉的声音朝我吼道：

"进来！"

我打开门，一个满脸青筋的老先生端坐在一张堆满纸张的桌子后面，上面全是灰尘。

"嗯？有何公干？结婚？立遗嘱？"

我递上包裹。

"是给我那该死的儿子的。不，我收下。放在这儿。"

他伸手从口袋里摸出两个分币扔在桌上。但是我知道我不是乞儿。我摇着头退出去，关上门。我妈对我拒绝这两分钱大为欣赏，给了我一枚三分的硬币。得到这一鼓励，我轻声说韦特威斯脱说了一个脏词。她点点头，仿佛她知道他会说、为什么会说。还有，彭斯家那边的尽头有座大屋子，里面只住了两个女人。她们的生活连雷达也探测不到。她们死了好久之后我向妈打听，她却不肯说什么。

"她们是怪人，真的非常怪。"

那房子我去过一次。就好像知道我要去似的，那个年轻些的女人走出门来迎接我，把门关在身后。

"告诉你妈，奥利弗。"她硬邦邦地说。"这是七号，不是十七号。"

我猜想那便跟下棋似的，一个摆局，一个应战。还有一件事我想起来就沮丧：埃温家总是在圣诞节给我礼物，适时地提醒那座透明的金字塔的存在。

所以，我妈对彭斯感兴趣也就不足为怪了。我向她描述过陡直的楼梯、长长的楼道和空空的房间。在饭桌上她有时候会唱独角戏，我爸偶尔穿插几句暧昧的应付：

"独自一人住那么大的房子……"

大房子？我梦中反复重现的景象却是彭斯生存在一个黑洞洞的空虚之中，一间除了那架龇牙咧嘴的钢琴外了无生气的屋子。道利什先生住在自己的店里，也许是不喜欢这幢房子，也许是不喜欢音乐课的吵闹，或者仅仅是认为女儿应当独立了。

"她该租出一部分去，"妈说。"一个女人哪能那样独个儿住呢？再说钱——"

"得了，他妈，"爸说。"道利什有钱。有足够的钱。他过得好得很！"

有一次，亨利在我们吃饭时开车到来。我妈一听到喇叭声便跳了起来，透过窗帘向外偷看。

"又来教了。"她说。"这是本周第三次了。"

我爸摸了摸灰白的小胡子，又闷闷地低头喝汤。

"这要花掉她一大笔钱吧。"

"胡说。"我妈气呼呼地说。"她可不会付一分钱的。"

"是吗?"爸说。"那他可真是个好心人。要是人人……"

"好心?"妈大声叫道——用一种她保留给不配备雷达的人的极度的轻蔑语气。"好心? 那是放长线钓大鱼呢!"

此后不久，我看见彭斯第一次独立开车。那是下午茶时分，彭斯和亨利把车开到屋前，然后他下了车，坐公共汽车回巴切斯特。

我们在窗帘后站着。在广场四周,你可以看见其他人家的窗帘在颤动,有的甚至开了一丝缝。彭斯再次出来,坐进车,手臂摆弄了一会,汽车便轰轰地颤动起来。一团浓烟在车尾升起,发动机尖吼一声,车朝前猛冲了两码远便熄了火。彭斯爬出车,走进屋去。第二天早晨亨利回来,身穿油腻的工装,躺在鹅卵石路上,船形帽挂在水箱上。下一次上课,我不得不等候了足足的十乘六十秒,彭斯才开车上了鹅卵石甬道,然后雄起赳气昂昂地蹦进了屋。

"我差不多开到了平原——喔,差不多远到了德伐茨——就我自己,奥利弗!你想得到吗!相当容易呢!"

她扬着双手来回快步走动,口口声声说亨利的心肠是如何善良。

"这都是他自己的时间!你知道吗,奥利弗?他一分钱也不肯收。他说这在他算不了什么……"

不仅是因为我一向乐意赞同,而且也为了使用一下那个新奇的成语,我煞有介事地向她解释,亨利是在"放长线钓大鱼"。彭斯一下呆住了,静如死水。然后她开始质问我,越问越生气,直至怒不可遏。我却想不出我做错了什么。最后她让我回家;而家里的情况也同样不妙。我的叙述使我妈比彭斯还怒气冲天。我再也想不透她们这两股怒火的来由,反让我警惕到星际旅行中不可预见的重重危险。

就是在这一次,我注意到彭斯脸上的一种现象,此后又加倍留神观察。我想解剖学家会对此定义为"嘴巴四周的括约肌群异常有力症"。如果她一本正经,或者对什么事生气,她的嘴会收缩,于是嘴唇先嘟起然后吸入。环绕的一英寸之内,线条呈集束状指向中央。日长月久,这些括约肌线条越来越深,最后不管她是否生气,便永不消失了。如果她生气,这些线条便凹成皱纹,嘴唇呈内向爆炸状。

彭斯刚学会开车，她爸便最终跌跌撞撞冲出了我们的视野，埋在教堂墓地靠近停柩门的地方。我记得我听说后没多久就跨过广场去上课，却发现彭斯的房子空无一人。我为门厅的黑暗而紧张不安，便自作主张进了琴房。琴房里黑影幢幢，光怪陆离。钢琴阴沉沉地大张着嘴。壁炉里的火闷捂得暗红，我靠近它做伴。燃尽的煤块咔喇一声爆裂，吓得我头发直竖。要是门厅里有亮光的话，我早就逃跑了。我留了下来，渐渐就能分辨出事物的形影。特别是炉台上那个黑影，那张脸一点点清楚起来，最后我看出那是贝多芬。飞扬的青铜头发，紧咬的嘴唇，深凹的双眼愤怒地盯着钢琴的尾部。他显然与彭斯和她爸同类，所以看上去也在谴责我。正当我在沉思此中的深意，彭斯的车灯扫过窗户。她进了门厅，迟疑了片刻，然后打开了琴房的门。她走去点燃了煤气灯。我如释重负地走上前，琴盒在半途撞上了钢琴。她大叫了一声，然后绕室急走——她过来了，在煤气灯光下盯着我，一双眼瞪得极大，以至于看上去没有眼睑。她一手捂住心口，一屁股坐到琴凳上。

"除非我叫你，你决不可以、决不可以进这琴房！"

我说了对不起，态度谦卑，心中却毫不在乎她的愤怒，半因有了灯光，半因有了同伴。我们立刻开始上课。同一星期，亨利·威廉斯搬来斯城。我回忆不清准确的细节了，只记得那是一段新生活的开始。从此人们就注意到他是本市场景的一部分了。在蜿蜒的海尔街的顶端，广场和市政厅交会之处是铁匠铺，与彭斯家有一巷之隔。巷子内几码远有条走道通往铁匠铺后院。后院的远端有一座带草料棚的牛圈。亨利就住在这个草料棚里，像一只鸽子似的。有时候他给铁匠帮工，有时候清洗埃温医生的车，或者用脚踏气泵给轮胎打气。逢上在小小的市政厅里举行集市的日子，亨利会在那些摊铺之间，慷慨地帮忙，慷慨地有求必应。彭斯把车停在后院，或者应当说是亨利帮她把车停在那儿,因为小巷不够宽阔,没有她回旋的余地。亨利也保养她的车,将车像皇冠上的明珠似的清洗,所以它总是晶光闪耀。我从彭斯注视亨利的目光中隐约感觉到他是属于她的。她会站在院中的烂铁堆和荨麻堆之间,跟洗车的亨利大声说话——相隔两码,粗哑而又友善快乐地说话,仿佛那辆车是个活物,而她正在抚摸它。亨利总是恭顺地一边工作,一边点头,直到彭斯突然转身,蹦回屋里去。

我不能理解我妈对此的嘲笑。为什么道利什小姐不该爱她的车呢?换我也会同样爱它的。还有,我妈看来并不喜欢亨利,这就更不能理解了。我却非常喜欢他,最终觉得这是我的又一个缺点。他常常在我看他时对我说话,声音轻快,谦恭有礼。如果来药房取咳嗽药时碰见我,他总是轻轻地咳嗽着叫我"奥利弗少爷"。

铁匠铺的后院在两个星期之间变了样——置备了精光锃亮的工具,一桶桶的机油和一罐罐的汽油。我兴冲冲地把亨利的新成就描述给妈听,却被她打断了。

"呸!我可没耐心听!"

虽然彭斯的父亲去世了,拥有了一辆汽车之后她倒更和蔼可亲了。她在琴凳上瞌睡得更深沉,嘴巴松弛,晃动得跟个婴儿似的。她甚至还制造了一个笑话,使我们在以后的音乐课上不断地回味。那几天我正在练习一个外国作曲家库玛写的一套曲子。有一天傍晚我去迟了,正好这本封面印着库玛两字的绿皮杂志刚到,于是凑成了一个笑料。

"我应当叫你'库玛'①。"她说,"因为你老是迟到!"

_____

① 原文 Kummer 为德文,有忧虑、焦急、痛苦的意思。

她在琴凳上颤抖着大叫。从此她只这么叫我。我们一起痛笑过多次。有一天教区牧师在凸窗前的围链边碰到我们,她让他也分享了我们的笑话。

"我叫他库玛,因为……"

可是在这一学期结束时,她给了我认识她以来最大的一次惊讶。那时我十岁,刚开始上本地的初中,拉的是二分之一大的小提琴了,不过拉得跟四分之一的琴一样糟糕。我来到她前门,听见亨利的院里传来哐啷哐啷的喧闹;而铁匠这晚已经关门,去了羽饰店。我敲了敲琴房的门。看来彭斯正在等我,因为她立刻回答了,不过声音轻柔。

"进来,库玛!"

我走进去,发现自己的鼻子离她的衬衫只一码之遥,正对着一条饰带或前襟——不知该怎么叫——中段的一粒珍珠扣子。这条饰带本身就是个新变化,因为我习惯了在那儿看见棕色的领巾。变化还不止于此。在这条饰带和衬衫之间如今有了白纱百褶扇形花边。她的手抬起,每只袖口也都投射出扇形花边来。我的眼睛随着这条花饰上升到她脖颈,发现那支胸针如今也躺在一簇花边上,而那地方原来是领结所在。惊讶之中我抬眼看她的脸。它神奇地柔和了,而且容光焕发——如果不可称之为年轻,至少也有着一丝青春的暗示,一抹少女的记忆。连她的头发也从一本正经中怒放出来,蓬蓬松松乌云一般。她的眼睛——没用多久它们就读出了我的疑惑。她的嘴唇缩入环绕的皱纹中,两颊向下方凹陷。在我的经验里,这是第一次也是最后一次,它们每面都有一团红晕。在我的注视下,这两团红晕弥漫到全脸,直至从前额到喉头都成暗红。她突然地走向钢琴,让我调正了提琴,留下一支曲子练习,然后坚定地——脸扭向一边——冲出了房间。回来时,她的脸上又回复了平素的灰黄,与那些花边相当不配。她板着脸,对我的练习吹毛求疵。此后我再也没见过那些花边。

打这之后没多久,整个事情又有了变化。有一次我跟往常一样,在去海尔街买糖果回来的路上去亨利那儿停了一停,看他是否在院里。我这么做一直是担着心的,因为妈不赞成我去打扰他。我去那儿便有一种偷尝禁果的感觉,因而也更令人心动。要是他正巧在洗车,他就会跟我说话。我站着,听他告诉我油盘是什么、轮胎上为什么要有花纹之类的事情。但是这一次他身边有人,一个高大的金发女人,苍白、臃肿、蠢兮兮地站在伸向草料棚的扶梯底部,手中抱着一个婴儿。她正在跟他争吵。

"我可不准备上去,你明白吗?这不行的,亨利。我得要有楼梯才行!"

当亨利清脆地回答的时候,我带着糖果走开了。那个金发女人和婴儿是亨利未曾预料到的老婆和孩子。我非常羡慕他们,因为在我看来,不在一间像样的房子里住而是像吉卜赛人似的在草料棚里露宿是很浪漫的事情。至于彭斯,我无法肯定她是被摔入还是自己掉入了深渊,深渊里是羞辱还是痛苦。

"可怜的人!"我妈笑着说,怜悯地摇头。"怎么会有这种事呢,是不是?"

"为什么不会,妈?"

可是我妈继续摇头大笑。这是一个令所有人都大感兴奋的事件,我分享了兴奋却不明所以,或许只是出于一个无意识的原则,即人人都有权享受一切令人兴奋的事吧。但是当这种兴奋被提升到一个新的高度时,我发现只有自己在独享了。玛丽·威廉斯带着小杰克出现的几个星期之后,他们三人便搬进大屋跟彭斯合住了。这使我特别高兴,给了我一种邪魔尽除之后的平静。我不再梦到楼梯

和空房间,因为我知道亨利住在那里。如今我拿着给玛丽治贫血的
补剂过去,不必右转到琴房,而是左转到厨房和洗涤间边上的后院。
那儿有一个狭长蓬乱的园子,一辆童车停在石板路上。杰克在车中
尖叫。看不见的玛丽将碗碟碰得乒乓乱响。然而我妈并不跟我分
享那份平静和快乐。她谈起亨利时不可理解地忿忿不平。讲到彭
斯,她更是火冒三丈。我不能准确地理解我该如何调整对这事的态
度。彭斯不在场,我就模仿我妈。在所有人中,偏偏亨利对此大为
愤慨。有一天,我把自行车推到他院里去把把手拧紧。我对他讲起
彭斯,仿佛他、我和我们大家都是同在篱笆的这一边,而她则在另一
边,跟斯城的怪人为伍。他抬头看着我,一张脸油污点点,一对眼珠
在油里飞快地转动。

“真的,”他说,“道利什小姐是个好心、可爱的女人。”

于是我愣住了,闭口不语,脸也稍稍红了。

我爸弄到一架最原始的收音机,不久之后又弄到一架留声机。
我开始知道音乐应当是什么,演奏应当是什么。克莱斯勒[①],帕德
瑞夫斯基[②],科尔托[③],卡萨尔斯[④]——尽管粗糙的唱片发出吱吱
声,尽管收音机的耳机老是有噼噼啪啪的油煎声和滴滴答答的电码
声,音乐还是突围而出。但是彭斯——当我试图跟她分享这份新的
快乐时——斥责我爸,指责我,满腔义愤。

“为什么你爸要这么干,奥利弗? 他本是个会欣赏音乐的人呀!
我决不、决不听这种低级、庸俗、卑劣、亵渎的玩意……”

我站着,以半惭愧、半讨好的神态微笑地点头,只希望她就此打

---

① F·克莱斯勒(1875—1962),美籍奥地利小提琴家、作曲家。
② I·帕德瑞夫斯基(1860—1941),波兰钢琴家、作曲家,曾任总理兼外交部长。
③ A·科尔托(1877—1962),法国钢琴家、指挥家。
④ P·卡萨尔斯(1876—1973),西班牙弦乐演奏家。

住。琴房的门上响起敲击声。她出去之后我听到她喊道：

"在教琴的时候,玛丽,你不能来打断我! 好吧。把牛排和腰子给我热上。"

真的,我们都在改变,大家都在变。彭斯变得越来越像男人,越来越粗暴无礼,步伐少了弹性,人却胖了一点。对亨利和玛丽她很不客气,一副主子面孔。有时候她把他们称为"我家的人"。亨利也变了。他更为结实。他有时脱下了油光光的蓝咔叽套装和船形帽,穿大衣,戴软毡帽,像市里其他商人一样。至于我,我变得虚伪,狡猾,玩世不恭。许多年之后,我回首往事,才发现为什么我会觉得自己满腹虚伪和内疚。玛丽·威廉斯呢,她变得更虚弱、更臃肿、更尖酸。有一次,我给她送补血剂,径自进了后院,看见彭斯站在石板甬道上,玛丽·威廉斯双手叉腰立在门道上。两人同时大声说话。突然玛丽提高了嗓门,响亮而清楚地喊出她的不平。

"我要说的只是一句话,西斯姑姑,我得有自己的厨房!"

然后她们看见我站在厅里的门边,手中举着瓶子,顿时沉默下来。只有杰克从他的座椅里扔出一个拨浪鼓,发出响亮的"噗、噗"声。

我一言不发地交了药,默默离去。

又有一次,我们去卡恩①,参加《伊利亚》②的演唱。我坐在她汽车的尾座上,彭斯和亨利坐在前面。车篷收下了,我隐约旁听了一场对话。开始是低语,渐渐升高,最终亨利激烈地大叫道:

"不,西斯姑姑! 实在不是这么回事,完全不是!"

又是一阵低语之后,他再次清楚地说道:

---

① 英格兰南部城市,在布里斯托尔东边 20 英里。
② 门德尔松根据《圣经·旧约·列王纪上》的内容所写的清唱剧。

"可是就像你一直说的,你得到了你的音乐。"

"……库玛,就在后面……"

她在座位里扭过身,对我喊道:

"你觉得怎么样,库玛?"

"什么,道利什小姐?"

"你没听见我们说什么吗?"

"你说什么,道利什小姐? 我听不见,风声太响了……"

一个小滑头。不过我也得到了我的音乐。我发现了音乐的力量:震撼人心,坚定信念,扩展眼界。不是想象而是实在的经验。尽管仍然受着提琴的折磨,我却爱上了钢琴,并为我家那架竖式小钢琴还能物尽其用而欣喜不已。至此我已比彭斯听过更多的乐曲了,认识到她的音乐世界的局限。认识到什么是她的局限很有价值。她最辉煌的生涯是走样而呆板的《圣保罗》、《弥塞亚》①、《伊利亚》、某些斯坦福②的作品以及每年复活节的斯坦纳的《耶稣受难》③。剩下的便只有海勒④、库玛、马太⑤的《放松练习曲》,以及星期日的《古今赞美诗》⑥。至于我,因为无计可逃,便只能忍受那每星期两次、每次半小时徒劳无益的课,忍受奉承的外表与内心无声的思绪和无名的感觉之间的对比。

"要是没有道利什小姐,我不知道奥利弗将来怎么办。他是这样热爱她……"

我却会慌乱地想,下一次我将在点头和微笑的掩护下,倾听她

---

① 亨德尔所作的清唱剧,歌词取自《圣经》。
② C·斯坦福(1852—1924),爱尔兰作曲家、指挥家及音乐教授。
③ J·斯坦纳(1840—1901),英国作曲家、风琴家。清唱剧《耶稣受难》作于 1887 年。
④ S·海勒(1813—1888),法国钢琴家、作曲家。
⑤ T·马太(1858—1945),英国钢琴教育家、钢琴家。
⑥ 教堂演唱的赞美诗集。首版于 1861 年出版,最近修订版是 1950 年。

对她从没听过的斯特拉文斯基①的谩骂……

　　这就是热爱的感觉。

　　她现在粗壮了，头发有时从软底帽下的发髻中逃脱出来。她嘴里一侧镶了两颗金牙，当她一本正经地尽兴欢笑时，它们便闪闪发亮。那辆童车如今由杰克的妹妹坐了。

　　"来看看我的小外甥女。哆叽哆叽，咯！这是库玛。宝贝，我叫他库玛因为……"

　　但是有一次真是奇怪。我正在黑暗的门厅里等着上课，听见她从楼上传下的声音，绝非粗暴，却是诚恳而无比动人。

　　"我所求的只是叫你需要我，需要我！"

　　真的，我日走下坡的提琴课越来越频繁地被打断。不是因为这个老屋里几乎天天爆发的争吵，甚至也不是煞费苦心的讲和。这一切都没打断、仅仅是延迟了我练琴。真正的麻烦是来自屋外的嘈杂声：有时是有节奏的叮当，有时是突然爆发的轰隆。它们来自那个原先是后院及隔壁铁匠铺、如今已成了亨利的简陋得不能再简陋的修车铺的所在。在那里邓禄普②广告和一个个旧内胎像晒干的章鱼似的挂在刷白的墙上。那里四处是机油罐、汽油桶、气泵、工作台和一些不可名状的器具，都是亨利进行机械手术的必需之物。整个场所都是发动机油污的闪光。

　　记得那一次我正在展示我相当不错的掌握第二把位的能力。彭斯坐在长条凳上。她的方形鞋搁在管风琴脚键上，粗花呢裙子和外套在煤气灯光下毛茸茸地闪光。我演奏着，她的整个胸脯向前

---

① 斯特拉文斯基(1882—1971)，美籍俄罗斯作曲家，20世纪最有影响的作曲家之一，西方现代音乐的代表人物。

② 英国老牌轮胎公司，于1888年发明了世界上第一只充气轮胎。创办人为约翰·邓禄普(1840—1921)。

倾,头微微下垂,眼睛紧闭。我心怀感激,小心翼翼地对着她合拢的双眼和无意识抽动的嘴巴演奏着……

突然一阵巨响传进屋来,像炮弹爆炸似的,我的上下左右全是弹片。彭斯惊醒了,瞪着我,仿佛炮声是我拉出来的。

"亨利,"我傻乎乎地叫道,"亨利这么晚还在干!"

"我这么晚也在干呀!"

她把脚从脚键上收回,跳起来,拽开了门。

"玛丽! 玛丽!"

她停了片刻;巨响仍在继续。

"玛丽! 这么骇人地吵闹我还能注意音乐吗? 叫他立刻停下来!"

我听得见玛丽含糊地回答,但听不清她说的是什么。彭斯的声音一向可以跟合唱团竞争,所以能冲破大炮的轰鸣清楚地传来。

"你马上去告诉他!"然后,充满激情地说:"我再也受不了了!"接下来门厅里上演了一曲短暂的不协调二重唱,最后以两扇门嘭嘭的甩响而告终:玛丽嘀咕着回屋去给婴儿洗澡,彭斯冲上了鹅卵石地坪,吐出最后一句花腔:"再也忍受不了了!"

我站着等待,已经数到了六十、一百二十,直至三百——斯城恢复了傍晚的宁静。六百秒。彭斯回来了,气喘如牛,满面红光,披头散发。大炮又开始发射,所以她不得不喊叫着解释:

"那是埃温的车。他要出急诊,而亨利的车租出去了,我的又坏在车库里。没办法,你只好回去了,库玛。我没法在这样的杂音中教你。"

就这样,我被炮火赶回了家。

亨利工作得越来越晚。嘈杂总是不可避免。由于彭斯的学生大多在晚上上课,冲突愈演愈烈。我就在这样一个人们争吵不休、机械轰鸣不断、怨恨日益深化的屋子里学琴。我开始注意到彭斯额头的线条随时可以变成深深的沟壑。她的粗暴易怒、琴凳熟睡反映出她的筋疲力尽。不过在这一课和下一课之间,嘈杂停止,玛丽又会亲热地叫起"亲爱的西斯姑姑!"来。

我在喝下午茶的时候得知了其中的原因。我妈在我们沉思默想之际冒出一句评语。这照例是她有新闻要报告的先兆。

"那么说,他终于如愿以偿了。"

我抬起头。

"谁?"

"亨利·威廉斯。这叫我直想跺脚!"

我爸从茶杯上抬起眼。

"亨利得到了什么?"

"他想要的一切呗。他马上要接手她爸留给她的铺子——还有旁边的小屋——盖一个车铺!"

我把这事想了一会儿。不再有炮轰,结果便是完整的三十乘六十秒。

"无论如何,彭斯一定很高兴了。"

妈轻蔑地敲响了茶杯。

"你知道什么。他是在用她的钱重建他的地产。他会把她的钱抢光的!"

我爸从水晶镜片后向妈觑了一眼,双手抹了抹灰胡子。

"威廉斯这小伙子很勤劳。她会收回她的钱的。"

妈不胜嘲讽地笑了,很奇特,似乎把爸跟亨利放在一块儿了。

"有这么好的事吗!"

"好了,他妈。她不是个孩子。一定是签有协议的。"

"别呵我的痒痒了!"妈厉声说,用了一种小孩的表达方式,这种婉转的表达方式在她是极少有的。"别呵我的痒痒了！你还不知道律师事务所的韦特威斯脱，他什么时候不是醉醺醺的？"

"那我就不知道了，他妈……"

我妈怒形于色。

"我可知道！"

我们俩都被吓住了。他，也许吧，明白她的怒由，在她的注视下慢慢地走回药房去了。

就这样，在海尔街上的广场跟古桥中间出现了新的景观。老道利什先生先前居住和散步的地方成了水泥铺的前坪。一个车库带一个地坑用来从下检修汽车的内脏。路边是一个又高又扁的玩意儿，亨利在那里用手泵加油。也是在这儿，我第一次看到二十世纪最显眼甚至是最伟大的标志：免费打气。当我渐渐习惯用这个机器给我的自行车充气时，我并没领会其中微妙的经济学含义。但是亨利——他理解我的天真无邪，从没表示过反对——已经先行了一步，积极地提供各种慷慨的服务。有时候他穿西装来工作，把自己关在小小的办公室里。此时他不再是亨利，而是威廉斯先生。搬到这个新家后不久，他在前坪上拼装起一台联合收割机，我们地区的首创，把它租给尚心有疑虑的农民。但他们很快就信服了。车铺后院原来沿河的一个狭长园子，如今也被水泥侵占了。

可是，车铺的油漆尚新，我就揣摩到几分这种变化对彭斯的意义。我曾绕着自家的小草坪走啊走啊，一边思考，一边期望。我拨开蔬菜地上的果树，面对砖墙的一角而站。在我看来，此地一向是最隐秘的。我似乎只有到这儿才能作出决定，因为这儿除了砖缝中的蜘蛛别无他物可以影响我——我不仅远离人群，而且也同样最大可能地远离他们的无形压力。我在此得到过隐隐约约的启示。我的一切感觉都集中了起来。我对钢琴家的名字比足球运动员更为熟悉。在这儿，我可以跟内心丛生的杂念搏斗。那就是想要认真地学钢琴，学到弹得跟玛丽·赫斯①和所罗门②他们一样好。当我发现我的手指可以弹出原先以为绝不可能的曲子时，我确实尝到了乐趣。但是下一年我就要开始为争取牛津的奖学金做准备了。物理和化学才是真实、严肃的事。这世界，恰如我父母所暗示的，就是我的牡蛎，加入化学和物理就能得到珍珠③。我怀着一个大胆的念头，从墙角走向彭斯的琴房。我挑起了一个话题！我谈论起职业，用的是那种只有事关重大时才对她用的自我嘲弄的口气。这是一个预留退步的小计，以便我在她表示反对的时候可以倒戈投降，一笑了之。就这样，我嘲弄地提出我恐怕能被造就成一个音乐家，或许钢琴家。

叫我吃惊的是，彭斯没有发笑。她仰起头，吸进最后一缕香烟，然后小心地摁灭了烟头，双眼一直严肃地看着琴键。

"你爸绝不会同意的。"

这当然。离开了那个墙角，置身于寒冷的日光之中，我知道他的赞同是绝对必要的。

"噢，我不知道，道利什小姐……"

她沉默了片刻。

"你妈怎么说呢？"

突然，那种飘忽不定、前途莫测的音乐生涯的落魄呈现在我面前。

---

① M·赫斯(1890—1965)，英国女钢琴家，以擅长阐释巴赫、莫扎特、贝多芬和舒曼的作品而著名。
② 全名为所罗门·卡特纳(1902—1988)，英国钢琴家，以技巧、诗意的阐释和精确的节奏意识而著名。
③ 典出成语"世界是我的牡蛎"(The world's mine oyster)，意为从中取利如从牡蛎中取得珍珠。莎士比亚在《温莎的风流娘儿们》里用过这个成语。

“说老实话，道利什小姐——我还没认真考虑呢——真的，道利什小姐！”

彭斯将双手支在大腿上。她说话时，语气中有一种奇特的、直露的苦涩，这是我从来没有听到过的。

“别当音乐家，库玛，我的孩子。如果想挣钱，去开车铺吧。至于我，我将做音乐的奴隶，一直做到我躺下为止。”

我严肃而恭敬地点点头。彭斯歪向一边，进入瞌睡状态，嘴巴蠕动了几下。然后双颊扭曲起来，嘴巴内吸，最后激愣一下醒来。

“那么大个男孩还跟妹妹睡同一间屋子——真恶心！但是你不能告诉她。不能告诉她任何事。他们还指望什么？”

一种刺骨寒意使我全身布满了鸡皮疙瘩。我默默地等待着，不安地瞥一眼那幅深棕色的男子照片，他仍永恒地注视我；又转向那张戴帽子穿深棕色晚礼服的女子照片。但是彭斯已看出了我的马脚①。她抬眼向上，向上，直至平视我的脸。蓦地，她眼里露出了醒悟。

“库玛长大了！还等什么？开始拉琴！”

下一次我给玛丽送药，踮着脚走过门厅，打开通向后院的门，心中暗暗希望不会碰见彭斯，不料却撞上一场家庭风暴。玛丽守卫在洗涤间的过道上，面对彭斯。亨利则背对着我，他的背在大衣之内显得非常宽阔。

彭斯突然喊道：

“好，我不要他呆在我房子里！”

亨利很平静，只是扬着双手表示抚慰、平息。

---

① 此处在英文中有双关之义，指知道他的能力。

"嗯,西斯姑姑,玛丽在头痛……"

"我不头痛,是不是?"

"他是我的孩子,就是杰克,我爱怎么就怎么。你管不着!"

"好了玛丽——不要这样跟姑姑讲话!"

"你们最好走,统统走,走!"

这时他们发觉了我。我硬着头皮,摇晃着走过石板,递上药瓶。玛丽一手撩起披散的头发,一手接过药瓶。

"哼。"

我拔起火烫的青春之脚,飞快地离去。

他们当然没有走。一个星期之后,彭斯跟玛丽之间的关系又甜如蜜糖了。这之后,又有过一次口角,但是他们仍然没有走。我记不清是在某种梦境的困惑中,还是当她在琴凳上睡着的时候,我听见她呜咽道:"噢,亨利,我亲爱的亨利! 我将来怎么办?"

对于我的音乐前途,我无力左右,只做了一个象征性的反抗:即使做不成职业音乐家,至少也得参加一次钢琴考试。我壮起胆子对彭斯说出这个打算。她静坐了一会儿,思索着,然后张嘴大笑,露出闪闪发光的金牙。

"你小心了,库玛,大大地小心了!"

"嗯。我真的想,道利什小姐。"

彭斯在琴凳上打颤。

"你不是会晕场吗?"

"我要参加皇家音乐学院联合会的考试。"

"你爸怎么说?"

"他不反对——当然,只要不影响我的功课。"

"我们得从头开始。你只是瞎摆弄过钢琴,是不是?"

"是的,道利什小姐。"

彭斯转向琴键。她从琴台上零乱的一堆杂物里抽出沾满灰尘、卷成狗耳朵似的乐谱,抖了抖书页,放在谱架上,然后开始演奏。弹完之后,她点上一支香烟。

"你听到了吧。现在知道你面对的是什么挑战了吧?"

我希望她视我的无言为敬畏。其实我是大吃了一惊。她弹的是一支肖邦的即兴曲。前一天夜里我刚听科尔托弹过。

"我会努力的。"

"你必须努力。还要考乐理、听力呢。已经有好久没有测试过你的听力了,是不是? 上一次还是你——这么高时。转过身去,库玛。"

我转身背对钢琴,面向泛黄的薄纱窗帘。她开始敲击音程,然后是一组越来越复杂的不和谐音。我心里看见她的粗手指放在哪儿,清楚得就像读大字印本似的。她结束了,我转回身。

她说了一句难以理解的话。

"你爸一定很以你为荣。"

对此我无言以对。她马上又开始说话。

"我爸对听力测试百般挑剔。要是我不能从那一组里挑出中间音,啪! 他的戒尺就打在我手背上……"

她此时眼望着墙,所以我也朝那儿望去。我看见那褪了色的深棕色照片。上面的年轻男子多年来一直挂在那个戴帽子穿礼服的女子边上,就像是这间琴房的监督。这一发现对我的震撼是如此强烈,以致我没听到彭斯在说什么。我突然认出了那无睫毛的眼睛和眉骨,以及高耸的颧骨。那年轻男子——我现在看出他那时不会比我大——就是老道利什先生,他的头发飞扬,眼睛已经凝视在绝对完美上了。

"……有时早晨非常冷,但是他知道这意味着什么。他会说,

'你继续练琴,我的姑娘。那会使你暖和!'然而,天堂即音乐,是不是,库玛?"

"是的,道利什小姐。"

就这样,我的一段和平愉快的时光开始了,斯城的天空升高了,一望无际。音乐,音乐,音乐,这一切都不再阴暗可憎,而是绝对的合法——是人人都同意了我理所应当做的。如今老屋里的口角成了一种打扰而非消磨学琴时光的方式了。我会焦急不安地站在门厅里,疑惑彭斯去了哪儿,我是不是会得到完整的三十分钟。然后我会听见她愤怒的声音从后院传来。

"那么你们为什么不走? 走呀!"

他们疯狂的关系继续动荡不定。亨利掌握着某种平衡,同情双方,也遭双方打击。然后彭斯会来到琴房,宽大的胸脯沉重地起伏。我会得到这节课所剩下的时间学琴。不管怎么样,音乐之路的终点来得比我预料得早。都怪我在老钢琴上花的时间太长久、太专心了。等到一向看重我的物理、化学老师发出了怨言,爸妈便重视起来。

"我知道你明天有钢琴课;但是你明天也有化学课呢!"

"嗨,爸,你不是也学过小提琴吗?"

"我可从没让它影响到药物学课。奥利弗,难道你不是真的想上牛津吗?"

"当然是真的。"

"这最后的几个月非常关键,亲爱的。"妈恳切地说。"你知道的,我们一直都希望你有最好的前途。"

我哑口无言。多年来他们一直教导我不可走上专业的道路。爸似乎看透了我的心思,慈祥地隔着桌子看我。如果他发怒,我就有借口反抗。可是他看来通情达理,体恤宽容,仿佛跟我站在同一条战壕里似的。

"你只能把它当成业余爱好,像我一样。总有一天留声机和收音机要让职业乐师都失业的。上帝! 奥利弗,你看不出来吗? 你前途无量,没准能成为一个医生呢!"

于是,我跟彭斯说我准备了半天,还是不去参加皇家音乐学院联考时,就非常尴尬。但是她听了什么也没说,仅仅点了点头,仿佛这早在她意料之中。我们的教学又旧态复萌。事实上,我们虚掷的时光比从前有过之而无不及,因为他们之间的争吵已到了白热化的程度。亨利如今常常逃避。他穿一身棕色双排扣西服,胸前插两支钢笔,温文尔雅却又坚定不移地将战火抛在身后。

"这么说你们什么也不欠我喽!"

"我们付出跟得到的半斤八两!"

然而他们还是没有走。

"我不要他在这里,那个讨厌的,讨厌死了的小鬼……他是在折磨……"

我的最后一课终于结束了。一个躁动不安的夏天过后,我饱尝了为上牛津打点行装的兴奋和激动。到了临行前一天的傍晚,我才又想起彭斯,那还是因为她家门前的铁格栅前石坪上停了一辆大面包车。

"彭斯怎么了,妈?"

妈轻蔑的仰了一下脑袋。

"他们走了。"

"谁?"

"威廉斯一家呗。你以为是谁? 教皇吗?"她几乎是"呸"了一声。"我知道他们会走的,只等彭斯被他们利用到头的那一天。他们暂时住在新盖的平房里。听说亨利自己要造一幢房子。我从来就不相信这个男人。从来没有。"

我想不起我妈跟亨利有过任何交往,所以疑惑她怎么如此自信。房门打开了,搬出一些家具、地毯、厚毛毡、陶器和床。我妈跟我并肩观看。

"尽是些次货、旧货。不到万不得已,他是一毛不拔的。"

面包车很快开走了。我妈回去继续缝纫。一个学生带着乐器走进彭斯家。

"今晚等她上完课,你最好去道个别。"妈说。"你欠她一份情。"

"噢,我不去! 噢……妈!"

"胡说,"妈镇静地说。"你知道你是热爱她的!"

于是,当夜幕降临,钠灯颤抖地在广场四周撒下惨白的光亮之后,我,一个满头发油、一心出逃的青年,去告别了。跨过草地,走向那幢房子,看见凸窗黑着,我真希望她不在家,或者睡下了。预期中的牛津的万家灯火、音乐会和剧场演出、书本和朋友,都将是我在化学课余所要享用的。他们更强烈地吸引着我,使我心无旁顾。但是回望我家的小屋,我看见窗帘的一角微微掀起,露出一个小三角。我感到其中是我妈的眼睛。我只好长叹一声,跨过铁围链,走上卵石坪。当我打开她家的前门,一阵寒意涌上心头:走道和楼上的房间又是黑黢黢、空荡荡的,就连门厅也是鬼影幢幢了。尽管已是十八岁,我仍让门开着,以防万一。广场的灯光勾勒出窗户的形影,投射在地板上,延伸到琴房面前。我的心头一紧——仿佛那把四分之一大的提琴又出现在我左手——我举起了另一只手刚准备敲门,马上又缩了回来。

黑乎乎的门框后面传来的声音对我有如一场听力测试。左下方暗红的炉火前的小地毯上怎么会有白嘴鸦呢？同样不可思议的是，微弱的鸦鸣之外还有奇怪的压抑着的声响，仿佛出自一架由低能的乐手演奏的乐器。我左手下垂，右手上扬，雕像般地愣在那儿，倾听着鸦鸣和呜咽回环重复。我的听力测出的是一幅清晰可见的画面，使得面前的门板形同虚设。她就在左下方的黑暗里，蜷缩在怒目而视的半身塑像之下，面对暗红的炉火，试图无师自通如何尽情痛哭。结果并不理想。

我头发乍竖，悄悄离去，小心地关上门，仿佛一个行窃的偷儿。我急急跑过草地，想躲过我妈的眼睛溜上楼去。尽管妈还在做女红，她的耳朵却没有歇着。

"这么说你们没谈多久嘛，奥利弗？"

我竭力模仿爸爸的样子，嘟哝了几个词。

"进来说给我听。"

我哼了一声，奇怪得很，居然脸红起来，仿佛做了坏事被逮个正着似的。我走进起居室。

"她一定有话对你说吧，亲爱的？"

"……她不在。"

"胡扯！她没有出门。"

"她是不在嘛！大概是睡下了吧。"

妈抬起头，透过眼镜看着我，淡然一笑。

"那就是了。"

然后我就离开了斯城，满以为这就是彻底的逃脱了。但是我应该知道，只要我跟它还有一丝联系，我就将继续跟它犹如万有引力般地互相影响，即使隔着千山万水。果然，我妈寄来的第一份《斯蒂伯恩广告人》报上不仅有我荣升为大学生的新闻，也有关于彭斯的消息。我读到道利什小姐,著名的本地居民,在科德哈珀巷与金斯路的交叉口出了车祸。伤害不大,但是道利什小姐深受惊骇。这在我听来并非大事。可是等我回去度复活节时,才知道其实不然。那次我尽量把时间花在乡间散步。我跨过古桥,在山谷的对面登山,尽量远离广场。我正思考着怎样找个最便宜的方式,在海外某处度过这个长假期,却鬼使神差地愣是撞上了她。那辆双座小轿车横切在马路上,车头冲出了路面边缘,前轮陷入泥泞的沟渠。彭斯面无表情地站在车旁,漠然地凝视着树林。我无计回避。

"你好,道利什小姐! 碰上麻烦了?"

她的眼睛先动,然后是脑袋。嘴巴紧抿着,深刻的皱纹一条条指向它。

"你没伤着吧,道利什小姐,有没有?"

她的脸顿时放松,亮出光彩。

"是库玛老弟!"

"我能帮忙吗?"

"帮忙?"

她的脸上又重现阴沉和紧张。皱纹也回复了。她开始缓慢而严肃地摇头。

"不。不,不,不。"

"我可以推……"

"不。不。"

一辆运牛奶的平板车颠簸着沿树林走过。

"要不要我……"

"不。"

她的头摇个不停,说"不"的时候眉头紧皱,仿佛面对的事棘手万分,却又一筹莫展。

"那么……"

突然，云消雾散。真是奇妙透顶，骇人万分。这变化来得迅捷无比，就好像是个接触不良的无线电，这一刻声音尚在，下一瞬便杳无影响。她的目光凝聚在我身上，格格地笑着，露出了金牙。

"是库玛老弟！你在树林里找姑娘吗？"

我顿时忆起跟艾薇·巴伯科姆的那一度风流，脸上便火辣辣起来。我后退几步，持剑一样地扬起手杖。

"我……"

"还弹钢琴吗，孩子？"

"不啦。"

"有更好的事做了，嗯？"

我觉得额头冒出了汗。

"现在是化学和物理了。对了——我正回斯城。不过那要走一段时间。我会想办法搭便车的。要我把亨利叫来吗？"

她仰面朝天，哈哈大笑。

"你知道吗，库玛？他一直亲自保养我的车——换机油和其他东西，里面的东西，我不知道它们是什么。他还亲自擦洗、上蜡。他穿上工作服，钻到车底下，就像他……"

"我去叫他来，道利什小姐。你真的不要我在这儿陪你吗？这好吗，你一个人在这……"

"在这树林里，是吗？"

她又哈哈大笑起来。然后，阴沉与紧张又回来了，双眼一眨不眨。

"我安全得很。没有人会来找我这么个老女人的麻烦的。很安全。"

"我会尽快的。"

我选了通往斯城最短的捷径，飞步走去。拐弯之前回了一下头，向她挥了挥手，仿佛要让她放心似的。可是她没有看见。她伫立车旁，凝视树林。我来到一个大转弯处，百码之外，亨利的破面包车来了。我回身冲着彭斯又是喊叫又是比划，竭力想把这个消息以蹩脚的旗语传给她。我也冲着面包车喊叫比划，但是亨利毫无反应地开了过去，一脸苦相，透过挡风玻璃直视前方。我停步等待，一直等到看见他停在了她身旁。

吃晚饭了。妈兴致勃勃地问起我走了些什么地方。她听我如实叙述了与彭斯遭遇的经过，不断地点头，狡黠地微笑。爸抬起头，透过眼镜看她。

"越发不像话了。"

我看看这个又看看那个。

"不像话？怎么啦？出什么事了？"

妈挥手不答。

"我早知道他如愿以偿之后会有什么结果。"

"别瞎猜，"爸瓮声瓮气地说，又取了一块馅饼。"别瞎猜。她不会吃亏的。她赚回了十倍的钱。我相信这个小威廉斯。他很会做生意。"

"我就是看不上他，"妈尖酸地说。"总有一天他会把半个城都买下来的！"

我把这句话当作是对我第一次化学考试成绩不良的暗讽，因此一声不吭。爸爸也默默不语。于是我妈只好一个人自拉自唱。不过她早已习惯了。

"杰克·威廉斯上不了牛津的，即使他有这个头脑——我看他没有。等着瞧吧。他会直接去经商。这就是他们的前途。他供得起,可是不肯供。可怜的道利什小姐,做牛做马……"

我爸听不下去了。

"她可以不这么做,"他愣愣地说。"投资在他生意上的钱能够生利,她可以活得像个——她可以住在波恩茅斯①,只要她愿意。"

我感到厌倦了。

"不管怎么说,她今天下午总算运气。不要再说了。不过我觉得那辆牛奶车本该停下来的。"

"运气?"爸说。"是运气吗?"

妈回应了一声。

"运气?"

他们互看了一眼,然后回头看我。

"我是说她本来会困在那儿的。我走了一小时才到家。要是亨利不是正巧经过树林——怎么啦?"

他们又回头互看。妈脸上是一副忍俊不禁的表情。

"奥利弗,亲爱的。"妈亲切地说。"你真是——算了,谁叫你不在家呢。人人都知道她,就是那个牛奶车司机也知道。她离树林里的十字路口一百码远,是不是?"

"那儿有电话,"爸简短地说。"她打了电话给他。"

我向后捋了一下头发。

"我的上帝!是这么回事呀!"

"一点不干运气的事。"

"可是她该告诉我呀!我是说——我倒是准备……"

妈放声大笑,然后平静下来。

---

① 英格兰南部、英吉利海峡边的一个城市,气候温和,海滩美丽,除游客以外,也是英国老年人退休后首选的居住地。

"可怜的人儿!"她说。"她只是要他稍微关心她一点而已。"

我的心弦震颤了。尽管要到后来——比街区邻居都晚——这些过去和现在的零碎片断拼成一幅图画时我才会明白;可我当时还是惘然,嘴张开了合不拢,无言以对。他们一定从我僵硬的脸上看出了错愕,所以爸伸手笨拙地放在我的衣袖上。

"我们忘了她在你心中有多重要,奥利弗。不过你要知道,儿子——那些电话——她以前就用过。"

爸一向是个含而不露的人,所以这个姿势大非寻常,使我受宠若惊,腼腆地站了起来。我嘟哝道:

"噢,要是她有那么多钱……"

"哈,"妈沉着脸说。"钱不是万能的。总有一天你也会知道的,奥利弗。"

我带着惊讶离去。在这一团思想和感情的混乱之中,我隐约地意识到妈的最后一句话跟先前的表现并不一致,于是我第一次认识到她不仅仅是我的母亲,她也是个女人。这一思想的升华同样既令人感动也叫人困惑。我站在门厅里,戴着手套,围巾一搭在前胸一搭在背后,心中羞辱与悲愤交织,忐忑不安地想,人们竟然是如此互相对待、互为牺牲品,大家都衣冠楚楚地遮盖住羞于示人的真相。我打开了前门,以逃避她对此事的看法;关上门时,我听见她突然爆发的半压抑的笑语——

"我真不知道,等她把那些电话都用过了之后又该怎么办?"

所以如今一收到妈寄来的《斯蒂伯恩广告人》报,我就孜孜不倦地搜寻相关的消息。果不其然,我不仅获悉道利什小姐仍演奏管风琴,也了解到道利什小姐如何被罚款五镑,下一次又被罚款十镑。回去度假期间,我有时看见她——不过尽量离得远远的——从车铺走回家,那富于弹性的步子如今只依稀可见残存的风采。我也看见她脸上的阴沉,围绕在内凹的嘴边的肌肉环,以及一眨不眨的眼睛。

"可怜的人儿,"我妈还会机械地感叹一句,不过我觉得她的兴致已大不如前了。彭斯就像那个死去多年、帽子缀满落叶的奥菲丽亚——成为斯城一怪,人们已见怪不惊了。最终我读到了道利什小姐因妨碍交通被告上法庭的消息。她没伤到自己,却伤到了别人。法官声称,他接受这样那样的辩解,不过我们也都不再年轻,为了道利什小姐本身的利益,等等、等等,他将吊销她的驾驶执照五年。

我坐在宿舍里的窗下,身披学校教堂的尖顶投影,读着这些消息。我至今记得,我只觉得好笑,无动于衷。她真的是用完了所有可以使用的电话了吗?于是这便是她的下一步骤喽?要是如此,那她可是太不聪明了。我天真地以为,这样一来她就算做绝了,再也没法引人注意了。然而我毕竟只是化学家,而不是生物学家。等我准备好回牛津去上最后一年的时候,我才知道我又错了。

那个秋天真热,又偏偏有个印第安之夏①。蜀葵站立着就燃烧殆尽。我家门前两边只剩下它们深棕色的秆和顶端最后一缕或红或黄的残焰。广场上的那块草坪跟这些枝秆一样焦黄,一踩上去,叶片便噼啪着折断。我听见妈在厨房忙着准备晚餐;除此之外屋里一片静寂。爸还在药房没下班,所以我独享小小的起居室。我听见彭斯在教堂里弹琴——一种出自内心的纯粹的单调沉闷。我伫立在印花窗帘和瓷器之间倾听,观望。管风琴停下了。稍后彭斯快步从广场走过,回到屋里。我欣慰地看着她严严实实地关在了自己家中,这意味着我不会撞上她。广场空无一人,可以放心出去走走。

彭斯的门开了,她走了出来,像往常一样挺直了身子,灯芯绒软帽别在稀疏的头发上。她关上身后的门,不用眼看就戴上了手套。

---

① 指深秋时出现的暑热天气,类似我国的秋老虎。

191

她的表情平静,嘴带微笑。她向左转,沿着人行道走向亨利的车铺,目不旁视。万籁无声,我听见她在平板石上橐橐橐的脚步。我看着她走过市政厅,消失了。

回过头来,我才发觉自己陷入苦恼烦躁之中,竭力控制急急地要逃跑的双脚——最终我还是捽上了起居室的门,缩了回来,走过厨房,走过洗涤室,出门到了院子里,穿行在果树之间——然后回到砖墙角落,独自一人。但我仍不能平静下来,除了凝视,还是凝视——试图找到可以收束住我肉体之眼,又能蒙蔽我心灵之眼的事物。我心中激荡如暴风骤雨,感觉上周围的一切也处在暴风骤雨中,以致砖块之间干燥的蜘蛛网,她和我,也都震荡起来。我听见我的声音身不由己地脱口而出:

"不。不。噢——不。不。不……"

当时我就意识到,这一幕已烙入我的脑海,烙入我居住之处,不可磨灭了——彭斯走在人行道上,挺着大胸脯,腆着大肚子,抖着大屁股;彭斯面带平静的笑容,头戴帽子,手着手套,脚穿平底鞋——除此之外,浑身一丝不挂!

从此之后,彭斯就销声匿迹了。那幢房子依然故我,那辆双座轿车依然停在亨利那儿——依然被擦洗得晶光闪亮。无人提及彭斯。她变成了被斯城一致唾弃的那种人。的确,要不是我有心——不顾羞耻地——询问,我绝不会知道任何有关她这些年的生活状况的确切消息。那是在我父母最后一次来牛津看我的时候。用了下午茶,大家闲坐着打发毕业典礼之后上火车之前的那一段闲暇。尽管很乐意看到他们,我还是跟以往一样,渐渐地话题说尽,之后便陷入沉默。我们如今是横隔着时间和经历的鸿沟互相观望。就是这种痛苦的沉默造成的难堪才引诱我提出了这个话题。

"对了,妈,彭斯好吗? 我上一次根本没见到她。"

沉默再次凝重起来。爸忙着装烟斗,眼镜靠得非常近。

"她病了,"妈吐字很小心地说。"只好将她隔离了。"

他们飞快地交换了一个眼色。

"很糟糕的一件事,"爸摸索着火柴,说。"非常糟糕。"

妈用一条镶边手绢点了点嘴唇。

"可怜的人儿,"她说。

沉默延伸着,加深着。于是那个话题就此断了。

然而,尽管是多年之后,我到底还是再见过彭斯一次。我们走过战争,迎来和平。和平了几年之后,我带一家大小回去,试图说服我妈不再孤单单地住在那间小屋里,而是搬去跟我们同住。但是不管我还是我妻子都对付不了她涕泪交流的歇斯底里。我感到这对孩子非常不好,便试图安慰她。

"是猫,"妈一边擦眼,一边说。"你知道我忍受不了猫。"

"那好,别管它……"

"不行,我得管。得去告诉她。她有那么多猫,大半夜的她老跑出来叫,'宝宝,宝宝,回到妈这儿来!咪咪……'我哪儿睡得着呀……"

"谁有那么多猫呀,妈?"

"她呀。道利什小姐。"妈忿忿地说。"我对这个女人一点耐心也没了。"

"彭斯!"

"你一定得去跟她说这件事,奥利弗。我再也受不了了!"

"彭斯!她回来了?我以为——我以为……"

"她当然回来了。回来好久了。你一定要告诉她,奥利弗!"

"可是我们过几天就走……"

妈嚎啕大哭起来。

"你得告诉她呀！你爸他尸骨未——这地方就都是它们了！要是它们进了屋,那可怎么办呀!"

我笨手笨脚地拍她的肩膀,动作像极了我爸,不由一惊,连忙缩了回来。

"好吧,妈,亲爱的。我过去看她。"

"再说,你一向是那么……"

"我知道,妈,亲爱的。我热爱她。"

我走出门,站在广场上振作了一下精神。马克正冲着索菲扫射,而索菲毫不在意,投以雏菊作为回报。看见我,他们便跑了过来。我一手牵着一个,跨过广场,走向凸窗边的大门。门开着,所以我径自走了进去,在门厅里迟疑了片刻。我敲了敲琴房的门,没有反应。通向院子的门也开着,我们便走了出去。对我来说,来到室外实在是好。因为屋子里本来就有一股霉味,猫儿、金丝雀以及澳洲情鸟又添上了别一种臭味。我走下台阶,一只丑陋的鬼脸儿猫打身边溜过。片刻之后,屋里便传来稀哩哗啦的激烈厮打声。

彭斯从园中小径上慢步走来。她看上去比小径还宽,简直成了正方形。灯芯绒帽仍然扣在头发上,胸巾悬垂,分隔着一大片空间。她停下,从两码之外打量我们三个。

"你好,道利什小姐。还记得我吗?"

"是库玛老弟。这是你的孩子吗?"

"这是马克,这是索菲。你还好吗,道利什小姐?"

"我们进屋吧。"

她领头走进门厅,我们跟着,孩子们紧贴在我身旁。我开始有了不安的预感,或许我们不该来的。彭斯朝一只不理不睬、冲着一面小镜子顾影自怜的澳洲情鸟嘘起来。

"嘘,嘘,嘘!"

"马克——老天,瞧你这孩子!怎么可以这样!——你最好回家去。"

彭斯看着他出了门。

"他的那个孩子在战场上干得很好。人真是不可貌相,是不是?"

"是这样。"

"你呢,库玛?"

我回顾过去。

"我只能说我打了平静的一仗。我们得准备好神经毒气,这也是没办法。但是我们从来没用它。"

她又转向那只澳洲情鸟。

"嘘,嘘!"

"你变得喜欢动物了,是不是?"

"我一直是喜欢的,就在我——跟你女儿那么大的时候就欢喜了。你知道吗,库玛?我过去老假设自己是个男孩,那样就可以假设自己是个兽医了!不过,当然啦,为了音乐,我就没时间爱动物了。到了后来,有那么个可恶的小孩在屋里,我就更不可能养宠物了。"

我心头一震。人生的总结对她来说竟然是如此简短。但是没容我表示什么,她已继续说下去了,双眼中露出一种高傲。

"我病了很长一段时间,"她说。"病得很重。你知道了,是不是?"

我又变成了手拿四分之一大小提琴的孩子了。我无言地摇了摇头。蓦地,她那平板的嘴角咧开,金牙闪烁,放声大笑。

"不过我现在好了——很好很好了!"

女儿的脸颊贴上了我的手背。彭斯止住笑,弯下腰,严肃地冲着楼梯底下黑暗中一双凶残闪烁的眼睛说:

"坏东西! 坏东西!"

那只鬼脸猫窜过我身边,出了前门。彭斯挺起身子。

"你信不信?"她说。"它跟一个孩子一样费手脚。它老是吵醒我,等我开门放它出去,又整夜地闹!"

"学学牛顿①好了。他在门上给猫挖了洞,装上活板——一个大洞给大猫,一个小洞给小猫。"

彭斯听了一愣,然后醒悟到这是个笑话,笑得浑身摇颤。

"这样你就不必为他进来操心了。"

彭斯止住笑。

"亨利会做这个,"她说。"他会做得很好的。我要请他做。他会亲自来或者带个伙计一块来。"

我一边点头,一边朝门口移步。

"那好……"

"你知道吗,还是他在为我擦车呢。还穿工作服。别人是不能碰的。"她意味深长地冲我点点头。"那是他欠我的债。那个女人——那是他的另一笔债。亨利明白。他一直是明白的,是不是?"

"是,是,他明白。"

"可是至于别人……"她看了看琴房的门,然后垂眼看着索菲。"你女儿开始弹琴了吗?"

"她还没开始呢。不过她很喜欢音乐。是不是,索菲?"

女儿躲入我的裤腿之间,远离这个脸颊平板、身子方正的女人。我把双手插入她的头发,感觉到她头颅和颈项的脆弱;伴随着一股

---

① 牛顿(1642—1727),发现地球万有引力的英国科学家。

强大的冲动，我心中升腾起爱怜、呵护以及坚定：她绝不该知道这种虚掷年华的一本正经，而要成为一个完满的女人，一个妻子，一个母亲。

"我过去常叫你爸爸'库玛'，因为他总是迟到。"

我换了换脚。

"噢，我们该……"

"那么再见了，库玛。"

"这么多年了，真该感谢……"

"不必了。那算不了什么，是不是？"

她转身走向院子，随即停下，回头看着我。

"你知道吗，库玛？要是一间房子着了火，而我只能从中救一个孩子或者一只鸟，那我就会救那只鸟。"

"我……"

"你走好。我想我们是不会再见的了。"

她步履沉重地走下两步台阶。我听见她的平底鞋走向院子深处。

绝不再见。

面对着厚重的大理石、竖琴、白色碎石、蜡菊和白色大理石围栏，听着管风琴的轰鸣从教堂的南耳堂传来——

克拉拉·塞西莉亚·道利什
1890—1960

——伴随着管风琴的轰鸣，这五个小小的字，就在我的双脚当中凸现出来：

天堂即音乐

我竭力控制住自己,惊诧自己竟然在这种地方放肆地大笑。仿佛有一根无形的长手指伸来点着了我,我觉得每一根神经都在战栗,而浑身的战栗皆出自这地层深处。就是此地,近而真实,一如既往的两码之外,存在着那具可怜、可怕、可悲的虚掷了的身体,那具有着玷污了的花边和东方式面孔的身体。这是一种巫术般的听力测验。在它面前,你只能感到厌恶、恐怖、幼稚和蒙昧,就仿佛种种不可名状的事物升腾起来包围了我,遮蔽了太阳。我听见自己的声音——似乎要借此为自己博得诚实的名声——冲口而出:

"我从来就不喜欢你!从来就不!"

然后我就出了教堂的墓地,来到广场中央的草地上。一时间我不知自己怎么会来到这儿的。一个中年男子似乎再次置身于那条空房间之中的长过道,于是又再次逃跑!

威尔逊家窗口传出一阵女孩银铃般的笑声。这间屋子如今挂着职业介绍所的招牌。一辆卖冰淇淋的面包车颠簸着驶过我爸的小屋,寂寞无主地响着电子木琴的叮咚。越过市政厅的石柱,我看到十二个白色的电视人物人手一张爱司①。我的全身逐渐布满了鸡皮疙瘩;依仗由自己温暖的生命而发生的安全感,我从心底说出了事情的真相:

> 我从前怕你,因而恨你。事实就是如此。听到你的死讯,我不胜欣慰。

---

① 扑克牌中点数最大的牌,亦可作王牌理解。

我朝她家走去。前门不只是开着,而是断了铰链,斜靠在墙上。门板下半部有个整齐的方洞,装着一块弹簧翻板。工人在前门和通向院子的阶梯上留下了一溜白灰鞋印。我来到琴房,抬手敲门,立刻又醒悟了,猛力朝里一推。它砰地一开,又从装了护墙板的墙上弹了回来。紧随着这一碰撞,薄纱窗帘后面,或许应该说曾经是窗帘所在的后面,响起猛烈的纸一样的拍打声。我静静地伫立着,双手高举。那个小东西以一副破损的翅膀没头没脑地在窗格的蛛网上扑打。我趋向前去救助,它却呼啦一下落在地上,一动不动了。房间里如今空空荡荡,那一排琴键隐而不见地悬在空中。那一块未曾磨损的地板上方,应当是那排管风琴脚踏键所在之处,我的目光将两幅棕色相片装回它们原先所在而如今已是空白的两个框里。这样,我就得到了所有我想在琴房找到的东西。

我在门厅里逗留了片刻,想象着楼梯尽头的长过道。但是,不了。辟邪的法力毕竟有限。我快步下了两级台阶,穿过后院到了园子里,心中赞美阳光的温暖抚慰。

亨利的伙计已经在拆毁夹在月桂树篱、金链花树和他的商场之间的长墙。他们码起了值钱的古砖。但是有两个地方,那墙已不胜自己的重负而坍塌,以成堆的红土和黄色水泥掩埋了花草。我好奇地想去看看从未涉足过的花园深处。园中的煤渣小径已被车前草和蒲公英侵占。我拨开月桂树篱朝前走去,小径尽头是一条小河。蜿蜒的河流围起的这一块园地被石台阶、勿忘我和尚未开花的墙头草点缀着,浅浅的流水轻缓地流淌着。临水的最高一块石阶上有一把温莎椅①。尽管蜘蛛已在椅骨之间结了网,鸟儿在椅面上拉了

---

① 十八世纪流行的细骨靠椅。

屎,尽管清漆已经龟裂,显得又黑又粗糙,椅子却仍然直立在那儿,无言地坚持着告诉世人她曾使用过它——也许每个傍晚,去年的夏天和秋天,由蚊虫和雨燕相伴。椅子面对的墙根有一圈垒起的砖,砖的上方墙面被烟熏成了黑色。我朝砖圈之间看去,马上看出这不是寻常的篝火。即使经过了两个或者更多的冬雨的冲刷,里面还有相当多的零散断片、书脊、残角,甚至足以昭示它们身份的浸透了水的完整书皮。还有布赖克夫和哈特尔、奥根纳、麦克米兰、布西和霍克斯①,以及几乎未经点燃的整叠的《音乐时代》。

亨利绝不会干这等事。音乐一向是真正值钱的东西。我瞥见一点金属的闪光,从残留物中拣起一根钢制的细棍。我的猜想得到了印证。铅锤已经融化,但是这根刃形支承棍和那块可以将节拍调节到令人难以忍受的精确境地的滑标仍在。亨利决不会把老道利什先生的这件装在清漆盒子里的贵重古董烧掉的。不。我一边思索,一边仿佛看见一双暗淡的眼睛从地底下凝视着我。不,他也不会把贝多芬的胸像用锤子砸成碎片的。那个湿淋淋的木框角大约就是那幅相片连带镜框的唯一残骸了⋯⋯

我坐上她的椅子,胳膊肘支在膝上,脸埋在手中。我不知道自己此刻的感觉跟什么、跟谁有关,甚至不知道我的感觉是什么。

"你都看遍了,是吗?"

亨利出现在墙壑的另一边,古铜色的脸盘,清澈的眼睛,雪白的头发——一切都整洁而安详。我挺直了身子,笨拙地爬上砖堆。

"要我拉你一把吗?"

---

① 这些都是欧洲著名的音乐出版商。

"我能行,谢谢。"

我们并肩从那一堆机械中走回去,低垂着头,倒背着手,缓缓而行,宛如吊唁者。

"那句墓志铭,亨利,你选得真好。"

他没有回答。我侧眼看他。

"感觉快,学会慢。我就是这种人。"

我们停步,相对而立。

"你可以说,亨利——你本来可以说——"

你本来可以说,她一生中是脸上轻松地洋溢着微笑、平静而幸福时,却被送进疯人院,直到被彻底整治得重又痛苦不堪才放出来。举个例子,你本来可以说这件事的。

但是,不错,你什么也没法说。

"说什么都没有关系。"

我们又继续前行,一路无言,来到停车场。我掏出钱准备付油费,寻找那个汽油女郎。她出现了,亨利却挥手止住她。

"请让我来吧,先生。不,没关系。很高兴这么多年后又见到您。"

他接过钱,走去找零。我站在原地,低头看着磨损了的水泥路面。尽管细微难辨,我还是看见了一双双脚,包括我自己的,来去匆匆。我伸出一条腿,以灵活的脚板敲打起路面,同时用心倾听。啪,啪,啪——我突然感到一种冲动:要是我能出借我的声音、我的血肉、我选择前途的力量给那些无形的脚就好了。我愿为此付出任何代价——任何代价;但是我立刻又意识到,像亨利一样,我是决不会付任何不合理的代价的。

"——三镑找九便士。谢谢了,先生。"

我注视他的眼睛,从中看见了自己。

　　"再见了,亨利。"

　　他扬起手,默默无语。我钻进自己的高级轿车,开动起来,驶过古桥,最终来到了公路上。我坚定地一心一意驾驶着。

William Golding
THE PYRAMID
Copyright © 1966，1967 by William Golding
This edition arranged with FABER AND FABER LTD
Through Big Apple Agency，Inc.，Labuan，Malaysia
Simplified Chinese edition copyright © 2021 by SHANGHAI TRANSLATION
PUBLISHING HOUSE（STPH）

图字：09－1998－128 号

图书在版编目(CIP)数据

金字塔/（英）威廉·戈尔丁（William Golding）
著；李国庆译. —上海：上海译文出版社，2021.9
（戈尔丁文集）
书名原文：The Pyramid
ISBN 978－7－5327－8811－8

Ⅰ.①金… Ⅱ.①威… ②李… Ⅲ.①长篇小说－英
国－现代 Ⅳ.① I561.45

中国版本图书馆 CIP 数据核字(2021)第 155558 号

金字塔
〔英〕威廉·戈尔丁 著 李国庆 译
责任编辑/管舒宁 装帧设计/张志全工作室

上海译文出版社有限公司出版、发行
网址：www.yiwen.com.cn
200001 上海福建中路 193 号
上海雅昌艺术印刷有限公司印刷

开本 890×1240 1/32 印张 7 插页 6 字数 118,000
2021 年 9 月第 1 版 2021 年 9 月第 1 次印刷
印数：0,001—4,000 册

ISBN 978－7－5327－8811－8/I·5443
定价：68.00 元

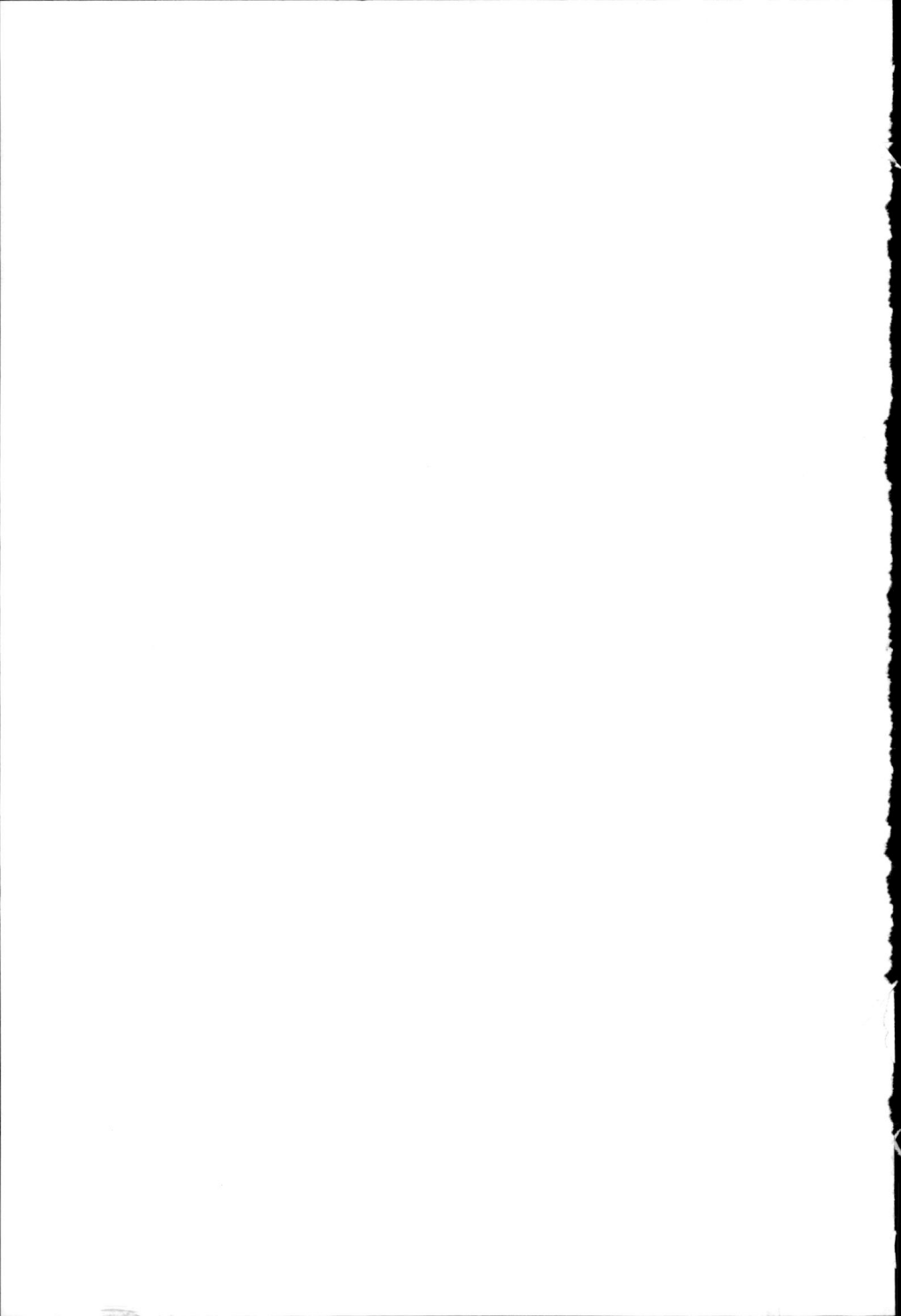